JOHN ASHBERY
平铺直叙的多样化

〔美〕约翰·阿什贝利　　　　　　　著
张 耳　　　　　　　译

著作权合同登记：图字 01-2024-0830

JOHN ASHBERY SELECTION
by John Ashbery
Copyright © John Ashbery
Published by arrangement with Georges Borchardt,Inc.
through Bardon-Chinese Media Agency.
Simplified Chinese translation copyright ©2024 by Shanghai 99 Readers' Culture Co., Ltd.
ALL RIGHTS RESERVED

图书在版编目（CIP）数据

平铺直叙的多样化 /（美）约翰·阿什贝利著；张耳译.
— 北京：人民文学出版社，2024
（巴别塔诗典）
ISBN 978-7-02-018588-7

Ⅰ.①平… Ⅱ.①约…②张… Ⅲ.①诗集-美国-现代 Ⅳ.① I712.25

中国国家版本馆 CIP 数据核字 (2024) 第 097870 号

责任编辑　朱卫净　何炜宏
装帧设计　李苗苗

出版发行　人民文学出版社
社　　址　北京市朝内大街 166 号
邮政编码　100705

印　　制　凸版艺彩（东莞）印刷有限公司
经　　销　全国新华书店等

字　　数　80 千字
开　　本　889 毫米 ×1194 毫米　1/32
印　　张　7.25
插　　页　5
版　　次　2024 年 6 月北京第 1 版
印　　次　2024 年 6 月第 1 次印刷

书　　号　978-7-02-018588-7
定　　价　75.00 元

如有印装质量问题，请与本社图书销售中心调换。电话：01065233595

目录

长篇小说　_1

湖中之城　_3

任务　_5

春日　_7

平铺直叙的多样化　_10

最快修补　_12

夏　_17

歌　_19

尖顶平房　_21

五金杂货庄园　_26

唯一能拯救美国的事　_27

比尔颂　_30

蓝色奏鸣曲　_32

诗是什么　_35

丁香花　_37

如我们所知　_42

壁毯　_44

我的色情替身　_46

模棱两可与矛盾修饰　_ 48

更多愉快的历险　_ 50

感谢你不与合作　_ 52

无论那是什么，无论你在何方　_ 54

一浪　_ 58

静美的心情　_ 96

沃肯森　_ 98

表面上　_ 104

陌生水域上的平静　_ 107

大块云　_ 111

海上清风　_ 114

四月大帆船　_ 118

稀稀落落　_ 124

秋日电报　_ 127

洛特雷阿蒙旅店　_ 131

在另一个时间　_ 136

四重奏　_ 138

月亮的幽灵骑士　_ 143

嗯，是的，实际上　_ 145

桃金娘　_ 149

我的生活哲学　_ 151

动乱诗　_ 155

你应该想到 _ 156

清醒 _ 158

大笑的卤汁 _ 161

接近 _ 162

这间屋子 _ 164

工业拼贴画 _ 165

我一生的历史 _ 167

葡萄收获 _ 169

奇怪的电影院 _ 172

渐入 _ 174

银柳时代 _ 176

像空气,几乎 _ 180

无知不等于无罪 _ 183

怀旧 _ 185

组合 _ 188

手持相片 _ 190

艰巨的任务 _ 192

摸石头过河 _ 193

所有这些,还有更多 _ 195

老实说 _ 199

花絮 _ 201

一个怪梦 _ 203

旧沙发　_204

就这一次　_207

阿什贝利访谈：庞大纪念碑式的试探性　_209

长篇小说[1]

他犯的罪变成什么,当她的双手
睡僵了?他在纯净的空气中

收获作为,而这空气富富有余
是他们的中介人。她吸气时他朗声笑着。

如果这一切能在开始之前
就结束——这悲伤,这雪凉

一片接一片,落下种种细致的悔恨。
桃金娘在他茂密的眉毛上干枯。

他站着比那天还安静,一呼一吸间
所有的邪恶都是同一种。

---

[1] 选自诗集《一些树》(1956)。

他是最纯净的空气。而她的耐心
这必不可少的作为,颤抖着

在原来双手安放的地方。污秽的空气里
每片雪花看起来都像一张皮拉内西

十八世纪在罗马的素描中落下;他的语词很沉重
带着最后的含义。我尊贵的夫人!含羞草!所以
　最后

都一样:在结冻的空气中
吐唾沫。除了,在一个新的

幽默的风景里,一处音乐写出的风景
却没有音乐,他知道他是位圣徒,

而她触摸了所有善良
像金发,同时知道这善良

不可能,醒醒吧,醒醒吧
看这善良在心爱的人眼中长成。

湖中之城[①]

这些湖中之城生于厌恶
长成已被遗忘的东西,虽然它们对历史耿耿于怀
自己却是某种概念的产物:比如,人是可怕的
当然这只是个例子。

它们浮出直到一座高塔
控制了天空,再用技术探返
染指过去的天鹅和渐细的枝条,
燃烧,直到所有的恨转化成无用的爱。

然后你剩下一个关于你自己的想法
和午后升起的虚空
这一定是出于别人的窘迫
他们信号灯一样掠过你。

---

① 选自诗集《河与山》(1966)。

夜是个更夫

你的大部分时间花来做创造性的游戏

直到今天,但我们对你有一揽子计划。

我们想,比如,送你去沙漠中央,

去狂暴的海,或者让别人紧紧围拢成你的

空气,把你按回一个惊恐的梦

像海风那样吹拂孩子的脸。

而过去已经在这里了,你正在喂养私密的计划。

最坏的还没过去,但我知道

在这儿你会幸福,因为你境遇的

逻辑比任何气候都更加雄辩。

你看看,体贴与漫不经心紧挨着。

你已经用某些东西堆出了一座山,

把全部心血深思地注入这唯一的纪念碑,

它的风渴望浆直一片花瓣,

它的失望碎成七彩的泪虹。

任 务[①]

他们在准备重新开始：
众多问题，旗杆上簇新的幡
飘扬在一个意料中的历险故事里。

就在太阳开始横向把它的影子
和狂欢的喧闹划过西半球的时候，
逃亡的土地纷纷挤在各种分开的名下。
这是欢乐之后的空白，"每个人"都必须出发
去往被困住的夜，因为他的命运
是空手而归，从轻那里，
从时间经过而唤起的轻那里。而那只是
空中阁楼，熟练地擒拿过去
通过伤害而占有它。路线是明确的，
现在就直线行动进入那个时间，

[①] 以下8首选自诗集《春日双重梦》(1970)。

在它腐蚀性的肿块里,他第一次发现怎么呼吸。

瞧你制造的这些垃圾,
看你做了些什么。
然而如果这些是悔恨,它们只轻微地打扰了
晚饭后玩耍的孩子,
枕头的许诺,今天晚上要发生的那么多。
我计划在这儿等会儿,
因为这些只是些瞬间,灵感的瞬间,
还有些范围可以抵达,
最后一层焦虑融化着
变得像样,好比朝圣者脚下的里程。

春 日

巨大的希望和容忍
尾随着夜,在白天的便道上
像空气呼吸进一座纸制的城市,吐气,
当夜再次降临带来怀疑

在入睡者的头上群聚,
却被棍棒和匕首击退,使得早晨
在冷静的希望中重新装置
昨天的空气,就是现在的你,

在这么多惯用语中你的头从手里滑下。
眼泪免费跑马,或哭或笑:
有什么关系?这有免费的接受和给予;
硕大的身体放松好像在溪边

被水流的力量唤醒,不得不在它变成生命以前认出秘密的甜蜜——
吸吮众多交换,从子宫里拽出,
在全死以前从地下掘出——胸脯起伏

像山一样宽广。"他们终于来了,
另外那些,那么渺小让他们慢下来
几乎停止不前。都以为他们死了,
他们的名字被光荣地与风景嫁接

给人留作纪念。直至今天
我们都生活在他们的壳里。
现在我们要突破,像河流冲破大坝,
在这片困惑并且畏惧的平原上暂停,

我们接下来的进步将是可怕的,
好比伤口里拧转一把把新刀,
在这种娱乐的鸿沟里,在这些光秃秃的画布上
不容置疑就像街上的汽车和每天的噪声"。

山停止了震动;它的身体
弯成它自己的矛盾,它的享受,
在离我们很远的地方,灯灭了,有关男孩女孩的

记忆,
他们曾经走过这里,在那个巨大变化之前,

在空气像镜子反射我们之前,
变成和我们的用心相反的样子,
而那些不可分离的评论和推断
却把我们抛到更远的远方。

什么——发生了什么?你和
那棵橘子树在一起,以便它夏天的收成
能回到我们出错的地方,然后和缓地滴
进历史,如果它想这样做。翻过了一页;我们

刚才正在它硕大死亡的风里挣扎,
而且无论那是不是个星期四,或是不是个风暴天,
雷加雨,或鸟是不是互相攻击,
我们都已经卷入另一个梦。

去指控那另外一个所制造的障碍毫无用途:
它已经不存在了。而你,
亲切友善并在不断成长,你的叶子星星般闪亮,
我们将会很快把我们全部的注意力赋予你。

平铺直叙的多样化

傻女孩,你们脑袋里想的都是男孩,
这是最后一种从外表面谈话的样本,
你们的立场终于上升到这愚蠢的晚上。
它反射在弹坑陡峭的蓝色四壁上,
那么多水将要把这些洗过,而我们的呼吸
到最后还是没有洗净。纤细的
杉树枝去抓它,顺水向后退去。
在我们的行星上,没有使命
能够给你造一个。

被放在某座山的一边
是更真实的故事,一开始,呼吸
只是一阵阵到来,然后一个小喷发
像蒸汽机那样最后终于发动。
传奇小说中故意不讲第二天事情会好一些,
章节之间重叠的感觉,像毛边鱼鳍。

他们要说的一定很多，而且很重要
有关这些游泳的姿势，以及手从海里
伸出原初的蕨叶，
那著名的一箭，少女们清晨到来
看望那个小孩，后来，他长成男人
同样动人的仪式怎样替代了中间那些有数的
　年月，
只有到了现在，他老了，被迫开始向太阳行进。

最快修补

刚刚能被容忍,夹缝中生存
在我们技术化的社会里,我们常常要在即将被毁
 灭的边缘才被营救,就像中世纪骑士传奇《疯
 狂的奥兰多》的女主人公们一样
不一会儿,又再次开始下一轮历险。
树丛中一定打雷,一团窸窸窣窣的盘绕,
而安杰丽卡,在法国新古典主义画家安格尔笔
 下,思量着
在她脚趾边那个多彩的小怪物,好像在怀疑
 是不是忘掉
这一切,也许最终是唯一出路。
而后来总有一刻,当
"快乐混混"开着他生锈的绿汽车
轰隆隆登场,来查看大家是否一切都好,
可到那时,我们已经进入另一章,正在疑惑
如何接受这条最新的信息。

这是信息吗?我们是不是最好表演出来
让别人受益,心里的思想
有足够的地方,放置我们的小问题(它们
　　现在看起来是些小问题)
我们每天的困惑,食物、房租和各种账单的
　　花费?
把所有这些都缩减成一个小变数,
走出在这宽阔高原上微不足道的一步,获得最后
　　的自由——
这曾是我们的野心:做个小的、清楚的、自由
　　的人。
唉,夏天的能量消耗得很快,
就一会儿,没了。不再有机会
让我们做必要的安排,虽然它们很简单。
我们的星星那时候更亮,也许由于当时它里面
　　有水。
现在已经完全没有那个问题了,只有
抓紧硬地球,别被甩下去,
连带一个偶然的梦,一个幻景:一只知更鸟飞过
窗户上面一角,你把头发梳过去
没能看见飞鸟,或者一个伤口亮出来
衬着别人甜蜜的面孔,有点像:

这是你要听的,那为什么
你过去考虑听别的东西?我们都是健谈者
不错,但在谈话下面躺着
去感动,不愿被感动,松懈的
意思,不整齐,还有单一像颤动的地板。

这些当然是那个课程的风险,
可虽然我们知道这个课程除了风险没有别的,
但那一刻还是令人吃惊,当四分之一个世纪后,
这些规矩第一次开始清晰地向你显示。
他们才是玩家,而在比赛中挣扎的我们
只不过是观众,虽然我们受比赛各种突变的影响
跟着它走出淌着眼泪的竞技场,被扛在肩头,最后。
一晚接一晚这个信息传回来,重复
在天上闪烁的亮泡里重复,它们升过我们,又从
　　这里被拿去,
但这信息仍然是我们的,一次又一次,直到最
　　后,不容置疑,
我们被处罚的状态,在助长处罚的气氛中,
不像一本书归我们所有,却和我们在一起,又
　　有时
不在一起,孤独而绝望。

而幻想让它成为我们的，一种犹豫不决
升到了审美理想的高度。有那些片刻，一些年，
伴着确凿的现实、面孔，能说出名字的事件、亲
 吻、英雄事迹，
但像一个几何级数友善的开始
不大让人放心，好像意义可以在某一天抛在一边
当它被超越。最好，你说，像这样胆小地
待在早年的旧课里，既然学习的承诺
是个想象，嗯，我同意，再说
明天将会改变觉得已经学了什么的想法，
这样，学习过程将会如此延伸，从这点看来
我们谁都永远不可能从大学毕业，
因为时间是个让颗粒悬浮的乳化剂，所以想着不
 要长大
很可能是我们最聪明的成熟方式，至少目前
 如此。
你看，你看，我们俩都对，虽然不付出
一般来说都没有收获；我们的替身
遵守规矩，生活在近似
家的地方，让我们——嗯，在某种意义上成为
 "好公民"，
刷牙和其他那些，并学会接受

艰难岁月的赏赐，当它们出现的时候，
因为这是行动，这不确定，这不经心的
准备，把种子扭扭歪歪地撒进犁沟，
预备好去遗忘，又总回到
出发的那个早晨，很久很久以前那天。

夏

那声音像阵风
遗忘在枝头,意味着某些
没人能弄懂的事儿。还有那严谨的"后来"
当你体会一件事情的意思,再记下来。

此刻这充足的荫凉
看不出来,分割在一棵树的树枝间
一座森林众多的树之间,就像生活被分配
在你我,以及那边其他所有的人之间。

顶发稀疏阶段跟着
苦思苦想时期。忽然,死去
不再是一桩刻薄又廉价的小事儿了
却很累人,像难熬的暑热

还有那些无心的小设想放在

我们对自己作为的奇怪念头之上：夏，松针球
命运松松垮垮地伺候我们的行为，挂着假笑
过于刻板地按章办事——

想取消已经晚了——冬天的时候，叽叽喳喳的
冷星在窗玻璃上比划夸张地描述
此刻的存在，结果到头来并不那么了不起。
夏像一行陡峭的石阶

走下探向水面的窄岩。就这儿吗？
这种铁硬的安抚，这些理性的忌讳
也许你是真想停下来？这张脸
长得像你，在水中浮映。

歌

这歌告诉我们我们过去的生活方式
从前的日子。植被的芬芳
事情结束就仅仅结束
又重新开始再归于一声叹息。后来

某个运动颠倒过来,急迫的面具们
迅速走向完全意外的结局
像一些失控的时钟。这姿态
是否在很久以前意味着,迂回的

受挫之后无奈的否认,像丛生的枝杈
痛快地结束一切,继而可以放下一切
在快捷又(令)人窒息的甜腻之中?日子
推向一片虚无天空的

那张仿古砖头脸。或迟或早

汽车呜咽,整个世界将被推翻。
而现在我们坐着,一点不敢说话
喘气,好像这么贴近耗去了我们的生命。

过去的那些豪言壮语总有一天
摇身变成进步,成熟起来
漂亮得像本崭新的历史书
尚未开封,里面的插图还看不见,

这些停顿和启动的目的也会变得清晰:
返回老路,像过去一样不愿长大,不愿进入
夜,夜变成一座房子,变成各走各的路
领着我们深入眠乡。一场愚蠢的爱。

尖顶平房

尽管那时我们急切地等候他们全体入伙,
陆地尚未升入视野:海鸥已将暗灰的钢塔卷走
这样,与其出去寻觅,掠过嗡鸣大地
不如停留在与这些其他事物密切的关系里——盒
　子,批发
　　配件,随便你怎么称呼——
这些东西的安稳曾是未来革命的代价,所以你就
　知道
　　　这已是最后的斗争。
然而这个关系依然涨满,翻卷如和风中的景致。

这些都一样,对不对
假定的风景和家园梦
因为如今大家都想家,或拼命地去睡觉,
努力回忆这些长方形怎么
变得这么外在不重要,又这么贴近

不声不响地勾画出认知的前景

让年轻人在里面变老,诵着,唱着智慧的

又标志(着)衰老的赞美曲

就这样,拾起往事要被说服,再重新放下。

警告不过是一个不出声的吸气"h";

问题已经勾画完成,像绑上长杆的焰火:

夜晚的颜色,别人确切的声音。

在可口可乐的训导中,它变成专利

在左边发出噪声,我们不得不跳一步

超越一个阶段——过去的大浪,加嘲讽

一视同仁地淹没理念和非梦幻者

映着亮得虚假的星光,那种"纯洁"的

设计已经成为危险的第一信号,

向阴沟里冲刷去黏腻的一团——恶心!

那是一种什么感觉,同时在外也在内?

细腻感受空气抵触又暗中煽动

里面的温暖?土地凝固着自己被涂写的沮丧

忍受愚蠢和厄运已到极点

这一代又一代人的聪明。

看看你对这片山河干下什么——

冰块，橄榄——
还有一片三座城搅和到位的泥
沿河两岸一路铺开
最后一截留给有关建设的思想
这思想总会变成重重峻岭和道道门槛
在其他潮流之上，喂养不起眼的欧洲马齿苋。

我们将很快有幸记录
在这个方面集体推诿的时期
为了更加庆幸，值得我们
冒风险乏味复述，先记录上最后的抗议：
宁愿腐朽的艺术，天才，灵感去抓住
对现实无法获取的拓片，也不要
"新派在搏斗场上生成的琐碎，
一种淤泥烂树叶的东西"，而生活
一点一滴流出孔洞，像水过筛网
全朝一个方向。

你们没有方向，以为如果找到了一个
　　　所有问题都迎刃而解
你们对此怎么想？仅仅因为一个东西不朽
就有理由崇拜它？死亡，说到头，也是不朽的。

但你们都进了你们自己的房子,关上了门,表明
不需要进一步讨论。
河沿着自己孤独的流程
天与树从风景上竖起
因为绿带来不幸——le vert porte malheur.①
"苦艾酒绿原上山色黄绿
不由得让硬汉泪滚如雨"。

所有这些亿万年前就来过了。
你的程序运行完美。你甚至免除了
完美的单调,有意留下一些疵点:
用后进的方式变得像样,一个不自然的握手,
一个心不在焉的微笑,虽然实际上没有一丝
　随机。
每个细节都惊人的清晰,好像是通过放大镜
　观察,
或者由一个理想的观察者,也就是你自己,审
　视——
因为只有你才能如此耐心地从远处注视自己
像上帝注视一个罪人走向赎救的路,

---

① 法语,意即:绿带来不幸。

有时在山谷中消失,但总在路上,
这将会垒起些东西,毫无意义或意义深远
像一座建筑,因为计划过,而建成后却被废弃,
它将继续活着,阳光下,阴影里,若干年。
谁管那里以前是什么?没有回去的路,
站住不动等于死亡,生活向前走,
走向死亡。但有时站住不动也是生活。

五金杂货庄园

那里总是十一月。这些农场
像某种警治管辖区；要实施
某种控制。小鸟们也习惯了
沿着围栏寻食。
那个严重的"假如",那个今天过得如何,
和警察的多次巡逻
当我实施日常身体功能的时候,不想肇事
不想要火或者
不过是遥远的掐捏引起的颤抖
造出了我的心身,走出来迎接你。

唯一能拯救美国的事 [1]

有什么是中心吗?
原野上突然飞来的果园
都市森林,土乡土色的庄园,齐膝小丘?
都被称作中心?
榆树林,阿德考克角落,故事书农场?
当它们同时涌上视平线
争抢着挤进已经看够了的眼睛
谢谢,不要了谢谢。
它们出场像景致掺杂了黑暗
潮湿的平原,拥挤过剩的郊区,
自以为荣的市政,默默无闻的市民。

这些与我心目中的美国连在一起
但能量果汁在其他地方。

---

[1] 以下 2 首选自诗集《凸面镜里的自画像》(1975)。

今天早上我走出你的房间
早饭后，被前后打量的目光
交叉绑住，向后是光
向前是不熟悉的光，
这到底是由于我们的行为，或者
材料，生活的材料，大家生命的材料
我们不停地斤斤计较？
一种很快会忘掉的情绪
在交错的光梁之间，下城凉爽的阴影
在这个早晨再次抓住我们？

我知道我编入太多我自己
对事情一瞬即过的观点，随想随写。
它们是我的隐私，永远是。
那么到哪儿去找事情私密的转机
注定要像金钟轰鸣
从最高的钟楼响彻全城？
那些让我撞上的种种怪事，我告诉你
你能马上明白我的意思？
是哪个有弯弯曲曲小路抵达的果园
把它们藏起来？这些根茎在哪里？

正是这些包块和考验

告诉我们是否会成名

我们的命运能否成为楷模,像个明星。

剩下的就是等待

那封永远不到达的信,

一天又一天,恼怒

直到你终于把它撕开还不知道它是什么

两截信封躺在盘中。

信息很睿智,似乎

口授于很久以前

它的真实性不受时代限制,可它的时代

还没到来,警示危险,和有限几步

可以对抗危险的招数

现在和将来,在凉爽的院子,

在乡下安静的小房子里,

我们乡下的国家

围着篱笆,街道荫凉。

比尔颂

有些事情我们花太多的时间去做
以为做这事会有成果也理所当然。
我从一条路走出来乖乖地
进入一片翻耕过的玉米田。我的左边,一群海鸥
来内陆度假。它们好像很关心我写作的方式。

或,举另外一个例子:上个月
我发誓要多写。写作是什么?
嗯,依我看,是在纸上写下
不,不是思想,而是,也许是些见解:
关于思想的见解。思想是个太宏大的字眼。
见解好些,虽然见解也不能确切表达我的意思。
以后有一天我会解释,但今天不。

我觉得好像有人给我缝了件夹克
我穿它出门远足

出于对这个人的忠诚,虽然
周围没有人看,除了我
和我内心对自己模样的想象。
穿这件衣服是一种责任也是享受
因为它吸引我,过分地吸引我。

一匹马不寻常地站出
那片地。我真的接收了
这个景象?它是我的?我已经拥有了它?
而其他那些景象,不被注意也没有记录
荡着时间漫长而松弛的弧线
所有被遗忘的春天,被丢弃的石子
以前听过的歌都后来淡出光圈
被日常淹没?它慢慢走开,
仰天长嘶,一个徘徊的
问题。它,我们也能牺牲
为了最终的进步,我们必须,我们必须向前走。

蓝色奏鸣曲①

很久以前是那个开始变得像现在的那时
就像现在走上一条新的但依然
不可定义的路。那个曾经从远处
张望过的现在,便是我们的命运
无论有什么其他事情在我们身上发生。正是
这个现在的过去建构了我们的面貌
和观念。我们是一半,我们
不关心剩下的另一半。我们
朝前面看,远望到足以让余下的我们
在黄昏的景象里盲目跟进。
我们知道一天里的这个时候天天到来
而且我们认为,既然它有它的权利
我们也有我们的权利我行我素
因为我们身在其中,不在别的什么日子,或者

---

① 以下3首选自诗集《船屋的日子》(1977)。

另外某个地方。这时间适合我们
就像它同样自以为是,但只要
我们不放弃那个分寸,不放弃那口
让我们像个样子的气,即使在"像样"能被看见
或成为它如今所意味的一切之前。

过去要谈论的事情
已经来了又去了,还是作为近事
被记着。有一颗好奇的种粒
嵌入某种新鲜事物的根基,卷开
它的问号,像一袭新浪登岸。
前来出让,放弃我们过去有的
现在有的,我们懂得的、获得的,或者让我们
被正在经过的潮流捕获,那表层光润耀眼
种种刚忘记又复苏的事情。
每个形象都很得体、冷静
不要贪多,但要有恰恰好。
我们生活在我们现状的叹息中。

假如这就是我们所能得到的全部
我们就能够重新想象另外一半,从能看见的
形状推断,就这样

被插入它关于我们应该怎么走
下一步的设想。那将是个悲剧——
去填充由于我们尚未到达而生成的空间,
发表只属于那里的演说,
因为进步源于重新发明
这些词语,自模糊的记忆
进而用一种方式扰乱那个空间却让它
完整无缺。然而,我们毕竟
属于这里,并且走了相当长的
路程;我们的经过是个场面。
但我们对它的认识理直气壮。

诗是什么

这个中世纪的城,墙楣上各种饰物
从名古屋而来的童子军?雪,

在我们想要下雪的时候下的雪?
美丽的图像?企图躲避

种种理念,像这首诗这样?但我们
总回到理念身旁,像回到妻子身旁,离开

我们渴望的情人?现在,他们
只有相信了

就像我们相信这一点。在学校里
整个思想都被用梳子梳走了:

剩下的就像一片田野。

闭上眼睛,你能摸着在四周走好几里。

现在睁开眼睛,你看见一条细长竖直的小路。
它也许会给我们——什么?——一些花,很
  快就?

丁香花

俄耳甫斯喜欢天下事物
欢欣的自身品质。当然,他的爱妻欧律狄刻也是
其中一部分。可有一天,这一切都变了。他的
　悲伤
砸裂岩石。沟壑,山丘
都承受不了。天战栗着从一条地平线
到另一条,几乎要完全崩溃。
这时,他父亲阿波罗平静地告诉他:"放弃在地
　上的所有。
你的竖琴,有什么意思?为什么弹慢吞吞的宫廷
　孔雀舞曲
没几个人想跳,除了几只羽毛脏兮兮的鸟。
不是过去表演的生动再现"。但为什么不是?
所有其他事物也都要变。
四季已经不再是它们过去的样子,
可事物的本质是只被看见一次,

因为事情不断发生，又碰上其他事，然后大伙一
　路上
竟然相安无事。俄耳甫斯错就错在这儿。
的确欧律狄刻消失在地下的阴影里；
即使俄耳甫斯没回身，她也依然会消失。
一点用都没有，站在那里像一尊石头的灰色长
　袍，看整个
被记录的历史在转盘上闪过，吃惊地发呆，说不
　出一句
　　聪明话
在最发人深省的元素的演练中没能发表评论。
只有爱情停留在脑海，还有他们，另外那些人
叫做生活的东西。精心地唱着
让音符笔直向上爬出昏暗正午的
井，与闪亮的小黄花们比美
长满采石场的边缘，封藏起
事物不同的重量。
　　　　　　但这还不够
光是不断地唱歌。俄耳甫斯明白这点
而且对死后登上天堂的犒劳挺满意
他后来被酒神的女信徒撕成碎片，她们
被他的音乐，音乐对她们的作用，搅得发了疯。

有人说是由于他对欧律狄刻犯的错。
但很可能与音乐更有关系,以及
音乐流逝的过程象征着
生命,你无法从中分离出一个音符
说它是好是坏。你必须
等到它结束。"结尾给全体戴上皇冠",
这同时意味着静止"画面"的讲法
不对。虽然,回忆,比如,一个季节,
可以化为一张照片,却没人能守护、珍爱
那样一个停滞的时刻。记忆也流动、飘忽;
那是张流动的景色,它活着,也会死,
一个抽象的行为以粗糙生硬的动作
在上面布局。而且,期望得到更多
就像成为晃动的芦苇在缓慢
而强劲的溪流中摇曳,蔓生低伏的长草
被调皮地扯了扯,但绝不去参加
比这更多的行动。接着,龙胆紫的天低垂
天上电击抽搐,一开始刚能感觉到,而后喷发
成一场持续有乳白闪光的骤雨。马群里
每匹都看到真实的一部分,每匹都在想,
"我特立独行。这些不会发生在我身上,
虽然我能听懂鸟的语言,而且

被风暴抓住的每道闪电的行程
    我都一清二楚。
它们相互角逐归于音乐如同
树在夏天暴雨后的风里更容易摇动
像岸边的树正在碎花的阴影中摇动，就现在，
    一天接一天"。

但懊悔所有这些已经晚了，即使
谁都知道懊悔总是晚到，太晚了！
对这点，俄耳甫斯，一朵浅蓝带白边的云
回答说，完全没有任何懊悔，
这不过是小心又严谨地放下些
不容置疑的事实，一纸沿路各种石子的记录。
而且不管它怎样消失，
或去了要去的地方，它都不再是
一首诗的材料。它的主题
过于重要，而且无奈地站在那里也没用
与此同时诗飞驰而过，尾巴着火，一颗糟糕的
彗星尖叫着仇恨和灾难，但又过度转向内视
以致诗的意义，好的或其他的，不再可能
为人知晓。歌者想
建设性地、一步一步地营造他的咏唱

像盖一座摩天大楼,但在最后一分钟
　　　转身离去。
歌刹那间被黑暗吞没
那黑暗一定又在整个大陆上泛滥
因为它看不见。那位歌者
于是也一定消失了,甚至都没能
从词语阴险的重负下解脱。成为新星的
只有很少的几个,而且到来的晚得多
当所有这些人的记录和他们的生平
都已消失在图书馆里,变成了微缩片。
只有几个人对他们仍有兴趣,"那谁谁谁
怎么样了?"还偶尔问起。但他们都冰冻一样
躺着不动,失去了联系,直到一个随意的合唱
讲述一桩完全不一样的但同名的事件
那故事里面藏着些字眼
关于很久很久以前发生了什么
在某个小城,一个冷漠的夏天。

如我们所知[1]

所有我们看见的都被穿破——
远处树冠的尖顶(多么
纯真)、台阶、窗缘固定的防雨板——
被刺得遍体鳞伤,被不是邪恶的邪恶
不神秘的浪漫,不是生活的生活,
这在别处的现在。

而在前面种种小妥协
的舞蹈中,你和它拍肩搭背
染指其间。你干下那事那天
也是你非得停下来那天,因为干这事
牵扯到整个画面,没有其他表现的方法。
你滑倒跪下
春水贵重的珍珠

---

[1] 以下3首选自诗集《如我们所知》(1979)。

在没被吸收前,植上苔藓
你踉踉跄跄在这
安静的街边,便道条条,交通纵横

好像他们要来抓你。
可正午刺眼的阳光下空无一人,
只有鸟像秘密一样到处寻觅
还有一个家要回,有那么一天。

那时候被遮住的光
被认作我们的生活,
爱情也许想查看每件关于我们的事
再放在一边等一段时间,直到
整个故事被重新审视,我们转向
彼此,我们转为彼此。
我们过去走过的路是我们那时看到的全部,
它悄悄赶上我们,窘迫
现在已有那么多要讲,就现在。

壁　毯

不容易把壁毯与
房间或纺车分开，纺车当然在壁毯之先。
而壁毯总是正面相对，但却挂在旁边。

它坚持这"历史"画面
正在进行，因为没有办法逃避它推荐的
惩罚：阳光把眼睛晃瞎。
观看摄入被同时看见的
爆炸一样突然意识到壁毯庄重的辉煌。

视力，被看作是内部的
记录了自己从外面接受的
冲击力，这一过程
勾画出一个轮廓，或蓝图，
刚刚那里有过什么：死的连线。

假如它看起来像条毛毯,那是因为
我们都渴望,依旧渴望,被它包裹起来:
这一定是不要去经历它的好处。

可是在另外的生活里,就像毯子描绘的那样,
公民们彼此甜蜜地行商
不被纠缠地去偷那个水果,他们一定会偷,
当词语追着自己哭泣,把梦
扳倒丢弃在随便一个泥坑,
好像"死"只是另外一个形容词。

我的色情替身

他说他今天不想工作。
正好。这儿,在屋后的
荫凉里,避开街上的噪声,
可以把各种旧的感情重捋一遍,
扔掉一些,保留另一些。
      唇舌之争
在我们之间变得很紧张,当没有
那么多感情让事情变得复杂。
要重新辩论一次?不要了,但你总在最后一刻
找到那些很迷人的话,把我拯救出来
在夜拯救我之前。我们浮在
我们的梦之上,就像浮在一艘冰制的驳船上,
船身被各种问题击穿,星光自缝隙闪烁
这让我们一直醒着,在梦出现的时候
想着这些梦。真是些奇梦呢。你说的。

我说过，但我可以隐藏。但我决定不。

谢谢。你是个令人很愉快的人。

谢谢。你也是。

模棱两可与矛盾修饰[1]

这首诗在很朴实的层面上关心语言
瞧,它在对你说话。你从一个窗子向外看
或假装坐立不安。你找到了,又没有
你错过它,它错过你。

这首诗很悲伤因为它想成为你的,却不能够。
什么是朴实层面?是它和其他东西
调遣整个系统的它们来游戏。游戏?
嗯,对,但我觉得游戏属于

更深一层表面的东西,一种梦想的模式,
好比在上天恩典的分配中这些冗长的八月天
无法证明,结论多样。你还没注意到
它已经失去动力,在湿热和打字机的饶舌中溜

---

[1] 选自诗集《影子列车》(1981)。

掉了。

已经玩过不止一次了。我觉得你存在就是为了
逗我再玩一次,在你的层面,而你却不在那里
或换了另一种态度。这诗就
把我轻轻地放在你身边。诗是你。

更多愉快的历险[1]

第一年好像奶油甜霜
接着蛋糕露出来了。
糕也不错,只是你忘了你选择的方向
忽然间,你兴趣转移到某桩新鲜事上——
也说不出怎么就走到这一步。接下去一团混乱
也许出自幸福,好像迷雾
字句变得沉重,颠三倒四,前言不搭后语
提纲要点再次消失。

没事!人人都经历过,
多愁善感的心路——"人人都走过多愁善感的
　心路"
对,的确如此。但你醒在梦的桌子下:
你就是那个梦,这是第七层的你自己。

---

[1] 以下4首选自诗集《一浪》(1984)。

我们寸步不动,而周围每件事都变了。
我们夜里住在一个网球场附近。
我们在生活中迷失,但生活知道我们在哪里。
我们总与我们相关联的一起被找到。
你难道不想像只狗那样卷起身体,像狗那样睡
  一觉?

这一窝蜂似的分离与死亡(一个新的转合)
其中也还有逃出生存的机会。
无论发生什么都奇妙。
所有方寸田亩现在都要重新争论
我们有各式各样的画儿,无穷尽。

感谢你不与合作

街那边有几家冰激凌店可逛
漂亮瓦蓝色的便道。人们笑声朗朗。
在这儿,能看到星星。一对情人
在同一屋顶上各自唱歌:"留下你的零钱,
留下你的衣裳,再走开。时间正好,
以前也有时间,可现在时间不早了。
你以后不会再这么喜欢暴风雨
像这些闷热的夜晚,更像八月的
九月天。冒牌的风怂恿你走
在狂暴的河上目睹汽车去康涅狄格,
还有树行当,以及所有那些我们不去想时想到
　的事。
天气正好,季节不明。哭你走
但也期望在不久的将来你又遇见我,当我透露
更新历险的时候,而且期望你还会继续想着我"。

风停了，那对情侣

不唱了，一对一交换着乏味的

自我表达，河岸卷曲如水

哀歌如仪。我们，喂，各位

彼此相处不惯，也不习惯自己的行当，怎么向

河岸解释，如果我们的责任是

在"不久的将来"洄游河边，我们为什么来这里

又为什么以前从没来过？客人-陌生者

提案相反，妨碍我们把自己看成

人-物兼性，我们认识的

总会来到这里，当然我们能轻易地记着

像记住自己出生的那天

一路上我们抛弃的蛆虫们，日子怎么流血

夜也同样，当它们听见我们，虽然我们不过说些
   自己

幼稚的想法，也从没想给谁留下印象

即使后来比孩子老成几分。

无论那是什么,无论你在何方

留下阴影的交叉杂配技术让我们的祖先以某种遗传特性换取另外一些,从而使他们的子孙们过上比自己更斑斓多样又更安全的生活,而如今这技术却刚好要后劲不足,剩下我们再一次满心疑惑,这种奢侈的孤独,怎么会让我们以为我们能够走出去,竟然想要走出去。乌檀木的钟针看起来总标识相同的钟点。这就是为什么好像老(总)一样,而实际上它不断变更,微妙的,仿佛有地下暗流涌入。如果我们能像小时候那样,从后面出去,抽烟、打闹,只要别碍事,只玩一小会儿。恰恰就在这儿,你没觉出来?我们"从后面出去"。从来没人走前面正门。我们总住在这里,没有名字,没有羞愧,供成人们有说有笑,生活得很愉快。我们小时候,成年仿佛应该像爬上一棵树,在那里应该有一番风景,因为难以捕捉,所以更惊心动魄。而现在我们只能朝下看，先穿过树枝，再往下是奇陡的草坪从树根向外倾斜。这的确是种不同的风景，但不是我们预期的那种。

他们究竟要我们做什么？就这么闲站着，监测每一次呼吸，查找每个冲动的退货地址，时刻警惕邪恶，直到我们不可避免地陷入麻痹状态，而这可能是所有罪孽中最深重的一款？究竟为了什么目的他们这么有效地交叉杂配留下阴影？以至于下面发亮的表面转换成另一层同样发亮，但滑动又充满暗示的活力，仿若一片流沙，踏上一步就可能踩穿不确定性脆弱的网，堕入确定的泥潭，另外的讲法叫信仰绝望的沼泽。

也许他们希望我们享受他们享受的事，比如夏末的夜晚，也希望我们能找到其他趣事，并感谢他们为我们寻欢作乐提供了必要的资本。像他们那样唱着歌，一如往昔，有时我们能透过肌肤组织和外表轮廓，看到我们和他们之间铺设的遗传轨迹。这藤蔓的卷须可能暗示一只手，或者一种特殊的颜色，比如郁金香的黄色，闪现好一阵，当它退缩不见了，我们能肯定这不是臆想，也不是自我暗示，可是与此同时，它像所有被减去的记忆一样，变得毫无用途。它带来确定性，却没有热和光。然而，在过去，在那些久远的夏夜，他们一定有一个词来讲出它，也许知道有一天我们需要用这个词，想帮助我们。然后响起一种满足的呼噜，像风绕着屋子的护壁板暗中滑动：不是上帝那著名的"平静、微弱的嗓音"，而是一篇辅助性的讲话，平行于我们肥壮想象的蛇行，一条看得见的音迹，录下我们行动时的响动，从充满希望，到绝望到恼怒，又回头重来，我们的姿势有时像个向外的动作夭折，向外伸向岬或者海角，从那里，景色可以往两个方向扩展——向后或者向前——但这只是个礼貌的希望，与其他所有的希望一脉相承，被揉成一团，抛在一边，与其他希望几乎不可分辨，除了只有它知道我们知道，前提是不知道是种流动，银子一样闪光，好像在说，胶片曝了光，一个影像将会，几乎肯定会，而不像上次那样，在镜框里思量自己。

那一定是你的一张旧相片，在院子中间，看起来好像有点害怕，在那个时候都市下午清澈搜寻般斜射的光线下，不宽容，不接受任何人的给予。这有什么新鲜？我来告诉你什么新鲜：你现在正在接受那位看不见的陌生者的发送。你过去以为只是为了搜寻或偷瞥的光现在正饱满地投射在你脸上，事实上它从来如此，但你把眼睛眯挤得太厉害了，害怕接受它，所以你不知道。这光将会加热还是烤焦是另外的问题，我们不在这里深究。关键是你正在接受而且抓稳了它，好像接受了某个人的爱，这个人你过去一直觉得不可忍受，而现在视为手足，与你匹敌。那个人的脸像照片上的你，却不是你，他所有的思想和感情都投向你，垂落如一厚块软和的光，最终将松动溶解结痂的怀疑、及时的自责、有效而冷淡的直率、吓人的礼貌、理智的坚毅，以及那些不理智地荒废在放任等待的夜。所有这些长成你，在树上没有风景；那里，你已经稳稳地加入了好心肠前辈们的游戏娱乐圈。

一 浪

经过疼痛却不知道,
深夜一扇车门猛地关闭。
出现在一个看不见的疆域。

就这样公开说出来的机会
有点太晚地到来,蒙着种种伪装被崇拜:
哑巴戏子,未来的圣者沉醉在殉教的理想里;
而我们的景观变成了今天的样子:
局部模糊不在焦点上,有的太近,中间的景深
一处宁静和不能抵达的避风港,有各种和蔼的
人和植物醒来,伸腰踢腿,让大家
关注自己,采用每一种人类文体能够发明的
技艺。这里,他们说是我们的家。

没人来趁机利用这些最早的
患难,门铃没响;

然而星期中的每一天,当它来临,就像一道
重新跨入爱情和绝望的门槛。夜色黑树林里
它唱:我无头无脑,呦,我无头无脑,呦。
那可能是个星期二,飘着暗色不安的云
映着团团白烟,在下面,湿漉漉的街道
看起来那么恒定,这时,突然间景色变换:
另一个想法,新的观念,很久以前
就提交过,只有到现在才似乎终于能够
摧毁文明古老的网络——
信件,日记,和各种广告。
它穿过你,出现在另外一边
并成为现在一个遥远的城市,充满各种
笼罩在叙述暂停之中的可能性。
专栏作家们说它的坏话,诚实的
市民们,照常作息,
是它的一部分,虽然没人
和你站在一起,当你踩踏着时间拖地扔垃圾,
想象它就是一种悲剧性的欣快症
你的心灵在其中发芽。这对你来说乐在其中。

闹鬼的房子里没有一处让步:就此而言
事情一如既往。勤俭原则

已经不在了,起码不像过去那样强制执行。
以后将无法躲避冒险家的
直觉;过去的经验重新重要;故事尾巴长长
几里路才能结束。从现在起
会有很多音乐演奏,丈夫和他妻子在他们自己的
　角落
相视而笑,记着他们爱情的模样,
而角落缩小了,从而促成一种超现实的亲密,像
　爵士乐
飘过家具,说它真令人愉快
或其他的话。最终只有握手
依旧,有点像亲吻,但淡漠一些。我们
说的有道理吗?嗯,那种饥渴可以解释一部分
这些令人讶异的涂鸦但不是全部;与此同时
每天的氧气描绘了其余的,
这种平衡。我们的故事不再是唯一的。
那边轰轰隆隆
现在停了,在一个奢侈的草堂
击败自己的稻草已经抽出。短的那根获胜。

只要一个想法就可以安排一生并把它投入
种种不寻常但现实可行的方式,而很多想法仅仅

让人陷入他们自己好意的泥沼。
想想普通人每天每夜有多少想法,
以至这些想法银光发亮成为种种重复动作
的背景,而没有自身的活力,不过回应
它们主人的疑虑。东抓西抓很好玩
也许会找到什么。但为了柔和且模糊的
背景变得有意思,字眼必须抛弃肉身,
去除确凿的清晰,换成致密而
高傲又注定在遗忘中萎缩的主张:不太线性
也不太膨胀和遥远。然而陷入自身
轰然撞破自己的天窗而坠落,有它的优势——
接受意见重新定向迷宫,有选择地
在不同角落里显著地树立起自己,像内脏一样
然后通过迷人的风景规划,这优势
终于变得明晰。它不比一个高尔夫球场更像个
　风景,
虽然有几处自然的奖励很有趣味地点缀其间。就
　在它
聚焦自己,一生的落后部分反而
片面地显露出来。它就在那里,仿佛一段肢体。
　同时
有没有道理变得无足轻重。有道理——

我一生中能看清的这个小部分——回答我
是不是像条狗摆着它的尾巴，虽然从来只有兴奋
 　和贞洁
能够得以表达？我过去到底做过什么
让我向往涉足其他事情，并或许能解释
我自己的行径，当认知可以有如此
庄严令人兴奋的一层，好像沙漠中的湖畔
在夕阳下燃烧？以至于假如它使我所有的建树愉
 　悦到
崩溃，我至少有这样的安慰，同时认识到
它不一定要永恒才活着，
闪闪发光，与它种种有魅力的礼节一起炫目。

像低潮时的礁石一样，错杂的表面暴露，
更多的碎屑。即使如此，最好还是这样
而不是经历一连串预先认可的事件
从而达到最原始的声明。而心智
是礁石们冒上来的海滩，仅仅是他们受辱中
中立的支持。他们可以解释
我们时代的种种考验，净化各种有毒的
副作用，在时代通过他们行列的时候。
现实。解释了。就这几秒钟

我们生活在一个身体里,又是兄弟了。

我认为所有的游戏和纪律都囊括在这里了,
绘画,说起来,不过是点和星号
被我们强迫赋予和我们无关
并把我们丢下的意思。但这里没有分数,世界像
　　我们一样
是个整数,像我们一样,不可能完全分开也不能
　　消失。
年轻的时候,它是个非常陌生又安全的地方,
但如今我已经变了,觉得世界仅仅怪异,冷漠
又充满兴趣。沙发曾经是个座位
已经不再引起疑惑,可甜蜜的谈话
年复一年定期发生,就像一只牧羊犬
不会令人生厌。这你经历过,
就这个房间,在这里,而我们永远不能
靠这个经验吃饭。它拖累着我们。很久之后
你以为你看到了这场游戏的意义,
当另一个玩家不遵守某一条规则;它看起来
像风的模式,在其中你失去自己
却没有走失,然后你很高兴再玩一天
当外面的情形变了,而这个游戏

总归看起来进展迅猛,令人困惑,却真实。

然而人的确知道为什么。我们加入的盟约
向我们施压,有些人被缠住了,而正确的方式,
事实证明,是直径穿过房子
再从后边出来。我们涉及的这么多
系统,恰恰这么多
把我们释放在语言的大海上,而语言成了
我们的一部分,好像我们竟然有可能离开。
天亮得耀眼又很宽阔,浪对我们发话,预备种种
　梦想
和我们一起生活并且应用它们。那天总会到来
当我们不得不如此。但现在
它们没有用,锦上添花。

我没料想到那么直白的注视,来自一尊时光
雕像,种种想法加载。我保存了
不过作为一个留念,不出于情爱。我适时走开
变成它的另一面,我变得温和又焦虑,作为那些
从"真实生活"中拣出来的场景的家长。超市里
有安静的时候,还有这些别人生活的碎片
当他们蛇行或大踏步经过

我所在的货架通道，不停下来
想想他们身在何处——也许他们自己竟然知道。
对，那些事那些时光，当人
在不觉中成为热衷者、支持者的时候，并不多，
但这些事和时光常常很持久，
它们外表屈从于形式
比其他事慢得多。少讲一会儿"情爱"
就能让人在草原或沙漠上走很远
那感觉中精确的距离是我
要注重和估量的。因为
我们都要第二次从这条路
走回来，不知道这条路，不去
数每撮零落的山艾树
就像在傍晚前睡一觉，睡到很晚
总是会哄着了我们，平复我们的烦恼然后又重新
    把我们

        放回床上。

所有这些日子都有一种愚蠢的清晰将要走出来
进入一个被记住的氛围。报上的头条和经济
就要更新一阵，当你回头看那堆
床垫生锈的弹簧，下面有水，接着，

好像向上滑至一扇门或一个窥视孔，一个巨大的
   优势
就会像个气泡爆碎。玩具们像书一样严肃又硬邦
   邦打着死结
抢先强行，走下一片精美的
记着下次要做得好些的景致，来到我屁股上一小
   块潮湿，
而这将拼写一封热情的公文催我们
大家都冷静下来，回到一天的日常
现在正在结束的一天。 接下来并没有特别感到走
   下坡路
但相应感觉且疲惫的音乐响了几阵
唤醒新的目地感：有更多的事要做
还有正合适的工具去做这些事
同时等待下一步肯定很快要落实的合同
或许在一个不少受了惊吓的鸡四处乱窜的沙坑里
或在荒郊僻野一幢房子里的大桌子上，周围
墙上别针别满了各种留言条，一种朴素无华的
   等待
与其他等待全然不同。我一边准备好对付这个
一边把各种有关情爱问题的记录放在一起
爱很多人，同时爱两个人，也爱我自己

为了在迫切需要的时候，不同于以往出现的
　　需要。
也许有一天这个要进行的讨论一定要到来
从而让我们首先开始能感觉到，然后才会
想到它，它将在没人能想象的
一种新气候下到来，这气候一定要来就像已经来
　　过的
种种时代，并没有导致全盘惊愕，
它会在晚上来，在睡觉以前很久，而爱
在那一刻出现，把神秘重新吹入所有这些毫无
　　生机
领我们走到这一刻的生活。这些时刻像水泼在太
　　阳地里
一块岩石上一样明了，虽然是晚上，然后
睡眠肯定了它，身体复原新鲜，
因为磨难和种种险情，情爱
无论多么出于好意，在争论中会用它们来作为
　　条件
反射性地演示我们的生活，走失
然后再次改变，一种无害的想象必定变得越来越
　　严肃，并且很快就会陈述自己的案情，扼要
　　又危险，接着我们再次坐到桌子旁

这回注意到桌面木头的纹理,和它怎么挤进
我们正涂写的记事本,成为书写的一部分。
只有当它开始发臭,不可避免的才会发生。

向前走我们接近这东西的
顶端,可天黑,没人看得见,
只是有人说我们得以走过以前那个阶段
是个奇迹,现在面对彼此有矛盾的
心愿,和达成某种和平的希望,所以这就是
我们的盒子,我们会一直待在里面
只要我们觉得舒服,因为里面破碎的欲念
相对于外面层层陡峭的荒原来讲,什么都不算,
而早晨会安排好一切。所以我第一个冲动
来了,停了一会儿,走了,没留下
什么,也没对我耳语。现在日子走动
从左到右,又回去穿过这个舞台,没人
注意到有什么特殊。与此同时,我已经转回
到碎成瓦砾的梦,那曾是我们出发时的城。
没人指导我;沙漠上伟岸又可疑的云
从天上降访,几乎没触地,真让它愉悦——
巨大的孤独中那些继续沿自己的路漫游的
行行脚印,确信一天很快就要结束,而夜晚会接

着降临。

  但在看起来像一堆堆熔渣的后面，危险
在于把每件事解释得太平均。那些
患废话症的人不会注意到今天讲演的
题目还不存在，而且在自己的创伤里他们
将与广大正祈祷的听众融为一体，前仰后合，
  依从
那个几乎听不见的短笛的节律。当这冥想的主题
最终揭晓明朗起来，它将不会
不寻常，结果只是那个巨大链条的注脚
这链条费力地勉强把天和地连接在一起。
这些评论，诸如我们的，有必要吗？当然，天堂
  对我们
很和气，不说什么，但我们，当我们走开
像孩子们下午四点钟放学，我们能否
昂首面对晚上的功课？其实不然，我们所体验
  到的
这种神的宽容实际上很紧缺，
那些从桥的另一端向我们移动的人
在防守，而不是欢迎我们，接近权力所在，
一座小山围着一圈低矮山梁样的碉堡。但当

某个准备好了的人跨过去，他或者她将会遭遇同样

冷漠的接待。同时由于不能相信

有人会住在那里，所以到最后将是我们无家可归，在户外

终结。对此我们不知道该怎么办。

这令人难以置信，真的。我们每个人必须试着集中精力

审视他们盔甲的某个部分：深暗血红的羽毛

飘在蓝色弯钢上；有条纹的天鹅绒的兜肚

以及它的社会学含义。赶快去应付那根刺

添加的意义，赶快把它挡住。你的课程

将成为制造我们的土壤

并会在将来向回看到，一小会儿。生活在那里很令人愉快。

虽然我们杜撰了这一切，它还有可能重新发生在我们身上。

到那时，要小心啦。下次，去印证这难以置信的

到处流浪的历险故事，盒子套盒子一层又一层，将由你来

承担。而且没人会喜欢你的结尾。

我们过去其实有一种安全感
但那时候我们不觉得：这说明
我们感到多么安全。现在，在更加美好生活的地
　牢里，
看来我们有可能被叫回来审视这点
这将是不幸的，因为只有缺乏记忆
才让我们有生机，快步地走来走去
与阴暗街道上泄了气又烦躁不安的人群融为
　一体。
有什么新鲜事可看，可以推测？不知道，最好
往后站站，直到有什么来这里解释
这种异样的缺乏焦虑，那种开始啃食一个人的
焦虑。它的到来是不是由于幸福在自己的火焰中
　把所有东西
都硬化了，因此这些形状不能死去，就像一座碉
　堡的
废墟，非常结实难以拆毁？有些像是淡色
高山野花的植物依然在那里盛开：
仿佛某种提示却永远不能比提示更多，
然而它们的芳香关怀着某些事情，有了这种解释
我们就不可能真正是赤裸裸的。所以一个自省的
　形象

挣扎地活着即便穿行于最黑暗的时刻,一段
空前的霜冻,其间我们每天早晨起来
像往常一样做自己的事。

*　　*　　*

虽然经常有人离开
去北边,找童年时代零落拼图的景致,
我们自己这一伙木然地站着,无望
又机械地等候从没到达的指令,这与我们自己
强烈而不可交流的推测相吻合,与天空中
被压碎的红果子的静物成婚,驯服它
只是为了观察它。那时候人几乎满足于
与别人在一起,读出他们的名字,唤起别人的
招呼和猜测,也许不过是无意义的几个音节以及
蓝图,由那几位看起来很潇洒放松的人
在为了一种简明有严谨格局的生活
而清除了我们几乎所有的设施后的氛围里
所描绘的蓝图,其中明显的趣味我们还没意识
　　到,这些
都不错,除了丢三落四把我们生活的
前提搁在一边,留给以后的智性发展阶段,现在
我们生活在其中,准备成长并再次犯错误,

依然站在一条腿上,同时不断涌入
一处毫无表情的虚空,枯萎的田野
由一个吻而导致,随机而倒运观察结果的
绳索,缠绕我们的脖子,虽然我们以为我们
已经把它抛进一部小说里,而它却重又镶入
我们的生活,把我们卡住。一个悲催的情形
看我们陷在其中,而任何人
都会意识到他或者她也曾经犯过同样的错误,
记住过同样的条例,在你现在面对的
不可避免的过程中。看不到边的灌木,树冠;
果园处处,那里木梨和苹果神秘地在很长一段
时间里轮番交替;瀑布
和它们藏起来的,包括后来的——道路和通道
铺平了让瞬间而过的汽车轻柔地探测;
各种花的大拼盘;简单讲,所有事物
让这个明晰的地球在我们最没有生机的
时刻看上去的样子,当一只独木舟箭一样从团团
   绿叶下
射入河流,松了一口气,虽然不那么兴奋但的确
不必惊恐,祝贺我们
和我们从中得到的东西。

不是什么奇特的东西,然而看上去平常
也很奇特。只有我们感受事物的方式
而不是感情本身,是奇特的,对我们来说奇特,
 活着
还要继续在近视的星星下活下去,我们从小
就认识这些星星,从窗户向外看,看见它们
并且马上就喜欢它们。

我们还能回到那感受的原始
状态,只要认为它
无关紧要,进而与我们后来关于
宗教和迁移的沉思相称。修复后的
比记忆中丢失的还要强壮;
它自己成为另一个新生命。新颜色。严肃的蓝。
毫不怀疑。发酸的甜。我们一定要拾起碎片吗?
(可碎片是什么,除了分开的拼图块本身,
与此同时雨磨洗窗玻璃?)并搬入中心净屋
在爱荷华的什么地方,远离远处的钟声和响雷
它们让这里的环境柔韧灵活而且很有特色?没人
要我留在这里,至少如果有人要我也不记得了,
 但我能
听到在林木毛孔中的灰尘,进而知道

事情更自由更优雅的可能性

虽然不是现在。如果这个不行

那边是我们没读过的书,后面

是不断被冰川介入而点画的山水

端正地镶在弦月窗让人留恋但我们

必须继续蔑视它,直到有一天当环境

终于被读为必需,但依然报复性地对抗

所有关注,所有解释。你的手指沿着一朵

滴血紫罗兰的线条向下移到旧地址簿的行列,然
  后指向松散的

谈论一只玻璃惊叹号反对着

一个离散的论点:预先警告过的。于是丰满的
  过去

接受并回收我们的论点用于现在的情形

城市风景又重新变回无忧无虑,像

蜡一样平滑。一旦怪癖暴露出来

它就又变得像纪念碑一样,焦虑地从上面

看着我们的生活,好像自巴洛克式的塔尖而不是

二十分钟以前还在这里的清真寺。

过去卷逃

带着我们的财富,就在我们绕行这条涨水

河流的大转弯的时候;不往前面看

这转弯成了唯一的困境,当那里有什么东西要
　　下沉
却只在蹩脚用典时提及,而明天将会重来。

只需要一分钟修正,看——那家伙
就在那儿展示它有兴趣的斑纹,
各样景致,条条步道弯弯曲曲,总不被人跟上,
一种文雅关怀,一种从不孤独的神气。
以后你将会怀疑当时的情形
到底怎样,而且某些问候将被统统忘掉,
就像水一旦冲过就会把大坝忘掉。而在这一刻
一种独立精神统治着。寂静
走出去并且把事情结束,再赶快回家
当夜晚来了,不早不晚刚赶到。
猎头和狐狼与荑迷混杂
还有外面的蜀葵,都正好加在一起,尖锐地,
成为某种人们不愿意承认不太舒服的东西,但
　　现在
它完全暴露在外,像一把成功的火
在壁炉里燃烧,完全没必要惊慌。
因为即使几小时几天在寂静中过去而且电话铃
也不响,水一滴又一滴分散地

从屋檐上垂下，再也没有什么是秘密的
人可以独居欢庆这点：
多年的战争已经成为很久以前的过去或者将来，
这个记忆包含着所有。你看见那个过去的你在过
　道里
滑倒，你已经决定不再去搭理他
虽然那个你更舒服，却也许不那么诚实，
但还活着。想让你知道你正失去着什么。
而那个巨大的注释机器刚刚开始
呻吟哼响。会有一些时刻像此时
几乎完全安静，因而让像我们一样的观鸟人
到来，停留片刻，思考过去种种表现的
不同色调，然后走开，重新焕发。

但是总要有时质疑旧的模式
和新的惊异，诗，穿过地板长起来，
一块一块站得笔直，蔓延滋生，粉碎客厅
礼仪，现在要求按自己的条件被接受，
既然前期谈判已经终于完结。
你可以躺在地板上，
没太多时间去做任何一件事，
但你知道那首歌在你脖子的

骨头里加速，在你的脚后跟，而且没有理由
去看场院里拖拉机跑，
空旷的空间在绵绵不绝的时间里
出现：这个空间只能被你充满。
我也想到过路障，奇怪为什么
它们并不那么常见，奇怪过去不远的
那场风暴可能带来了什么进步，
但它不足以不让我选择
现在的我，不赶往我一定要去的地方
在天黑以前，躲在树下
是真的，却并不知道漆黑的外面
独自位于一声并不来自我自己的呻吟的中央
那声音把我拖回各种旧式的称呼
我知道我早就经历过的称呼，但他们又强壮
　起来，
大到能充满争辩所留下的外域风新奇的空间。

所有比年轻老一丁点的
被迫往上走，不管他们喜欢不喜欢，而且只有
非常老的或非常年轻的在这件事上有发言权，
无论他们是火车或船或不过一条瞎路
跨过平原，从无名处到无名处。后来

一个很多青-中年声音的录音将会出品
而且被认为出人意料地原创。这不关我们的事，
然而，因为眼下没有空间了，
没有维度可以保证能够遇见达到最低
要求的场面，从而可能有盈利地
在历史里掘进并走出来有收获可言，
哪怕只是一个词，有一丁点不同的音调
让它从整齐拟定的人类说的干的事的编年史的
背景里站出来，比如像支英国管，
然后接着叹口气，淡出
进入我们所有的想象，暗淡
而且没有景致，
窗户涂黑，但
我们能够充分想象，认可了这么多之后，还有
　　什么
我们不知道的在外面上演，又可能参与
把它全部排列成为最后一夜的长度，
愚蠢的游戏，爱终于渗出水泥板的
接缝，化脓，囊括
其他所有的活着和死去，有秩序的
典礼以及遗产处理，
查出有什么不合常规，再把

其余部分汇总写份报告在未来某天
提交,当看起来没有什么会正式地
接受它的时候,而且我们怀疑我们是不是也过
　　去了,
在我们的爱情中埋葬,
其实那爱情只让我们生命有了一小会意义,
而且当它往回走几步,想再从另外角度看看,
忧心当时是不是遇见了永恒。
就在倒运的人在酒馆里用闪光的字眼对陌生人
描述爱,有福的人好像不觉中正在失去爱的
　　时候,
总有一些剩余的
他们,生活与他们的心灵完全吻合
并且他们过后不觉得爱有什么神秘,
那神奇的片刻,其中所有的生命,所有的命运
和尚未完成的命运统统被淹没
好似一波巨浪从安静的海里
把自己举起,接着落下不见了
当它祸害完以后。
那么对那些系列说什么?
那些不常见清晰明了的时候
当人读着仿佛在一张白纸上刻下的

他们在天边无声爆发后的

种种接触，奇异地一下子就逼近你

像一个生人驾着雪地车

但关于此点没有什么可以知道或者写出，除了

他们曾经从这里走过？被绑住

在黑暗中不知情时爱，像希腊神话的赛姬，不知
  怎么才能

用十九世纪中叶像蜘蛛网一样的斯宾塞手写花体

填满这一捆捆纸页，当所做的只是走开

几分钟，从而回来的时候发现事情已经做完了？

这也是爱决定我们的

唯一方式，之后当碰见别人

对他们来讲我们看起来和过去一样，他们不可能
  知道

我们已经变了，我们的不同如此巨大

像新的一天看起来一样但不可能

与以往我们要面对的那些一样，就这样又开始

我们发疯似的循环，傻到不会从过去的

错误得到收益——这就是我们现在有多么不同！

*　*　*

但是当我们完成了被打断

将没有任何人群可以告诉我们上帝
曾经想要怎样，只剩下，像故事里讲的，一座巨
　　大的森林
里面几乎没人。你的欲望
仍然半心半意地被治理；有时有奶
有时没有，但欢闹掌声的台阶
不再向上通往它。取而代之的是水泥墙隔断。
护林员很和气，但警告我们不要进入，
提醒你其他世界能多么轻易地生根
就像蒲公英，不要多少时间。这里现在没多少人
除了流亡者，有些荒废掉的技艺，非常靠近
表面，你可以透过水碰触他们。
正是他们可以告诉你，爱的来龙去脉
和爱怎样一如既往来了又走了，怎样久久地令人
　　不安，
即使穿过现在这摊修剪过的垃圾，
它走型，微笑，不再记得任何人。
都不过是种表态，也许是从某片我们看不见的
镜子表面反射出的形象，好像确凿
如郊区的房子，又优雅如飘忽的鬼影，安逸于
任何你能想象出的坏天气。然而只要
一丁点下陷的记忆存留，淤积，就证明

那里发生过什么，却竟然没人承认曾经
听到过这些。找它的路上你走过一些草坪；傍晚
虽然黄色的光线还是很强；听到
些议论说几乎没法再让人们做
任何事；突然你的名字在最后被提到——
它在那儿，在名单上，原来一直在
但现在已经太过气了不再适用
这从长远讲未尝不是好事：我们将听到
其他名字，并知道我们不想要他们，但爱
不知怎么就错误地给予了他们其中的一个，
并没有完全丧失掉。男孩子气滑过高中，滑进
四十出头，已经不太诚实，但所有
这个早春的花蕾都不开放，这可真奇怪，
他说。天不可能比现在还热。
在如今的主流中，他一定会，真诚地，被认作另
　一个人；
他慢慢走去，在街角转过。没人能说
他不再了在你意识到这点以前，然而这事，某些
　温和的
挑战从来没被接受过，也永远不见了，
却围绕着他。爱情说到底是属于有特权的人。

但还有另外的事儿——叫它一种持续多事的
　　状态,
一种常识:事情在你一不留意的时候
会一层层包裹自己,然后变成磕绊
和历史,好像这个结痂的表面
一直都在这儿,而不是刚好在短时间前
才形成。那个结疤的下午也许
很不幸,但当他们隐隐约约看到彼此
第一次看到,那情景的内在浪漫
在这些人类中间像树浆一样升起
使他们终于知道这种快乐:不拥有全部却只去
敏锐地欣赏它种种压抑着的作为和恼怒:一种
　　胃口,
缺乏更好的词来形容。在黑暗和沉默中。

在风中,它依然活着。是些什么干扰
把我们领到这里然后谎骗我们上了贼船,如果不
　　是真诚地
企图去弄懂并渴望一个人,不管具体是
哪一个人,然后,忘我地,自我修养
从而可以全面地渴望他,在最后一刻被
这样的好运吓了一跳:那感情,看不见却警

醒着。
三十三年前那个晴朗的二月傍晚,各种活生生
　声音
的壁毯仿佛投下五彩的阴影,而如今
在这座办公楼的砖墙脚上那些颜色毛茸茸地
重现,终于像他们过去的样子,证明
他们容貌依旧:你变了,
他们没有。剩下的就是去认识他们,
就像个孪生兄弟,一出生就和你分开了
对他们来讲工厂的声音现在回荡在一片振奋人
　心的
由你选择并制作的落日里,一首高昂的国歌
颂扬竖直和多年生指数的陈述
它激励并导致所有事情发生于
分担的无聊和分担的责任的框架里。
兴高采烈的广告告诉我们一切都不会错,
迷信会为你们做好一切。但今天
更大,更松弛。没人想去擒拿你
可是过道看去很危险。脸上的微笑变酸。
即使如此,穿过这一切回家
认识到它的宽广的确把它的维度增加了:
老师绝对不会支持这个。这也是为什么

尽管又高又害羞，你依然能更清楚地站起来
抗议你是什么的定义。你不是个虐待狂
但只能相信有一天要拆除那个定义
当名字从东西上去除，当所有属性
像船帆粗重的撑梁一样纷纷陷入去除定义的
　漩涡。
那时你一定起来要说出些什么，
无论什么，只要不超过五分钟，
在中间你将会被洗净。这就是那么简单。
但同时，我知道，石头大杂院里依然囤积
我的阴影；没有什么要承认，
不向任何人认罪。这个阶段持续几年
好比沿着街边的低篱笆。然后挥舞拳头里
新的定义，可是这些都明显是虚假的
被法庭摒弃。接下去，你只能靠自己
在一个旧电影里两个男人徒步穿行美国。
那之后的爱将非常令人满足，
像沙漠里的雨，让难以想象的外交手腕出现
直到你觉得你应该在这儿下车，也许这站
是你的。而一切都眼花缭乱地发生，一次又一次
在一个持续而生动的现场，以前没出现过的
　现场。

没必要在这个关节编故事,每个人
都喜欢笑话而且他们觉得你的笑话很滑稽。下面
　不过
跨两大步到迫切的需要和感情
你要成长进入的感情。不变老,这
奇幻的现实依然坚持自己的原状,
但要参与游戏。活着和被活
如此将所有事物领向合情合理的结论
梦入他们的开始,而后抵达终结。

同时在一个像西弗吉尼亚州大小的地方
一个相反的看法是爬向天庭:它升起得
这么快!陡峭密集的银色山体如此旋转
变得更单薄,变成只能叫做过度的东西,
现在看来。而且它在翻译中听起来好些
这是你将要读它的唯一语言:
"我迷路了,但好像正在回家,
穿过五颗交叉排列的苹果树,可是当我
一走近,就像在芝诺的驳论里,家的
幻影便退缩,在远一点的地方重组。
我能看见白色窗帘在窗口飘动
花园里有株巨大的黄铜般的苹果树,树下

那个老人摘掉帽子凝视着草坪
好像很悲痛,对我做的事很悲痛。
意识到关键就在这一刻,没有将来,我
用尽梦里最后的全部力量
冲上在红漆木栅后面的匍匐冰草坪:
我到了!但这儿看来很寂寞。我被接受
却没有热情。我的房间仍像过去那样摆设
但窗户关着,有一种幽禁房间的味道。
虽然我从此一直自由地
追逐我想要的口味,逗留在
某种好像特殊的一味,台灯
永远不能取代我离去那天
凌晨悲哀的光,当时我确信(确凿就像我今天
 一样)
自己出去寻找的逻辑,但完全没有准备
调查实际生活的各个方面,为什么,原因在
 哪儿,
所以我最终都不知道我是否实现了
我的目的,也许不过仅仅回来了,秋的一片
 落叶"。
人一定要坚持不要被戏剧化捕获
更不要严谨的逻辑,敌人据此来

部署他的讯息就像铁制的地下战壕

在这里那里突然升起,波浪一样。

虽然有一次你对某人说这吓不住你

但你还是要面对你的存在是一种

缺口的特例感,需要用什么办法调养丰盛:

它不再有那种看不见的富裕,

那种放松的、欢乐的健康,其他时候

用来在路旁玩耍,挥霍

无知和无意识,真挚的自私,

那些时候的那种劲头

如今已经颠倒了,在自己的倒影中陷得很深

在记忆中。每一天渴望的安静。

然而,最终这些黑暗的东西,快速没有规律的

 袭击

后面跟着变得越来越短的沉默片刻

消解了主观与客观的分析方法,靠去除

我们行星的复杂性,它的气候,它的小奏鸣曲

和故事,一块块又脏又硬的雪闲置,等

春天来融化。它依然带着"开始将会解决"时

 期的

苦恼记忆,即使当三月份的成熟

已经及时首先暗示出来,"当日和夜变得一样

长",但
更在于几个月后桃子庄严的收获,在长短不等地
消磨时间之后,爆发性大笑之后。
不断讲述这些序幕,好像没有任何
意义,如果以后永远将会是五点钟
砖的颜色越来越渗出血色,穿过树林的
棕褐,再变得发黑。但这其实更多地在讲述
我们。当他们终于到来
带着沉甸甸叮叮咣咣的钥匙来开你的牢门,
你可以告诉他们这是怎么回事,
你是谁,你怎么一不小心走到这步,
他们怎么不管不顾地把你变成现在这个人,
而你既不自卑也不骄傲,看来自由但很寂寞。

如果有人怀疑这个过程的可行性
你可以举出轻易到手的结果。不像一个伟大的
　　胜利
为了更好的历史,一次接一次不停顿地
在每个时代的结尾,席卷过人类,假设
你能找到这个胜利,虽然你不是第一个人把它的
　　诱惑
和某种斥责混淆,但缓慢地打磨

一个无限小的笼子,大到只能盛下所有颓废和

鄙视,以及由于虚假的前提而导致的错误结论,
　　现在

这打磨拖你放慢,但那时你已经陶醉,而听起来
　　却很专注,

甚至强健,一种对难以解释的欲望的解毒剂:脚
　　步落下

是警察小心翼翼地接近,穿过春天柔和的空气。

松溪虚设,天并不离你更近。不同之处

细微,在生活和各种手势之间调味。

呈现出对所有东西

很刻板的印迹。并不是不高兴得到

这个有用的记录加入作品

集锦。但除了渴求哪儿有需要

在胸前口袋里随身携带天堂?去满足

大众对比祝福更有分量的东西的饥渴

同时又要扣押那最后的保证?你看,这些日子

每天都带着一套让人宽心的形象和态度

也许是有益的,但只是在每个系列的

最后一个消失以后,在远处路上,永远,在
　　夜里。

也许更狂放自大一点去问天,这到底是个什么
　　礼物
你赠予我这个旧洗碗池?我能把它搬出
门吗?已经有这么多过去的怨恨和调侃缩水
成生活章节里的细款,又有如此广阔的
新的领域将被勾销,像块围巾或手绢从这个
主宰一切的窗户里向外抖动,也许主宰得有点
　　过分?
下落中我们应该注意到保护性的风迅猛地掠过
然后祈祷战后有一天去剔选我们最初
被赋予的每种有限的去发财的
思维套路。只有到了那时才可能出现某些有意
　　义的
激进的立场,对它自己的意义,不是为了躺在坡
　　上喘促的
我们,从来没勇气只相信我们,和我们一起出去
而不畏惧树端气息中某个严肃的监督者。

游戏计划和情爱,不是由于什么特别因素才赋予
　　我们
应该巧合于——不,现在还不是思考这些事的

时候。
人徒劳地企图把爱从它适合的实体上剥除
现在，看着真好，记着将来总有一天要发生。你
最好把它送给你的邻居，第一个碰上的邻居，或
　把它
彻底扔掉，正如计划在哪天哪个时候去打开
这座森林的门，而这森林是你的全部教养。
没人期待这个，所以
信号弹升空，在最近被扰动过的山山水水之上
这种种写下来的景致只不过为了再次被忘记，永
　远忘记，这次。

天已经变得不再那么绯红，
黑云也更没意义（形状开始像水獭；
现在，退缩成不确定性，像些鱼鳍）
而且看来要求重新翻修已经晚了
虽然早些时候好像很必要，况且那到底是
谁的提议？我是说我不在乎待在这里
再等等，安静地坐在树下，或许这一切
自己就会明朗起来。

没有迹象这一定会发生，

但我不在乎。我对我自己这一面很安心
它过去曾经对另外一面，逍遥的那面提出疑问，
　　把它磨破
用那条打结的拧绳源于猜测，风暴
和黑暗，并延伸向无名之地
无声无息。从来都是几桩杂事
时常叫我们从深谋远虑的屋里走出
而这是件好事。加上它如此尽心
关注！几乎比任何人能带来的东西都更多，
但我们能够掌控，而且还很优雅。没人
能据此对我们提出异议。但既然你提到这个问题
我就说我并非不高兴把我自己全部
暂时地交给你。从生活中漏掉的那么多
回转了，在那些时刻，攀缘小小的毛细血管
那些礼貌的问题和看得见的关心。我要它回来。

虽然另外那个问题我曾经提出过，却已经
记不清了，正在向高处上升，投下
巨大的倒影把我遮住，而我竟看不见它。
知道我将很快在未来能自己回答问题就足够了，
我会被领去面对进一步的问题，然后送回
这异乎寻常安静的屋里而我已经在这里度过了

一生。
它来了又走了；墙壁，像面纱，从来都不一样，
只有口渴本身一成不变，永远要去应酬它
赞叹它。最终是我们去打断它，
让这位要走的客人赶快走，免得有什么疑问没有
提出，因而没有应答。请求你，它似乎
好像在说，让我跟你走，我足够老了。一点
  不错。
所以我们每个人必定都是孤独的，同时意识到彼
  此的存在
直到有一天战争免除了我们之间的差异。我们会
保持联系。如此，他们一直持有。而这一切都很
  奇特。

静美的心情[1]

暮色就像树林里甜甜的蜂蜜
当你离开我走到街的尽头
在那儿日落截然终止。
婚庆蛋糕的吊桥放下来
跪请纤秀青嫩的"勿忘我"。
你登上来了。

烧焦的地平线骤然铺上金色的石块,
我做过的梦,包括自杀,
现在都噗噗地从那个热气球里喷出来。
它在胀大,就要爆了
里面有什么在这些日子里
看不见的东西。
我们听着,有时学着,

---

[1] 以下7首选自诗集《四月大帆船》(1987)。

贴得那么近

又取下血样,还有其他类似的事。
博物馆于是变得很大方,住在我们的呼吸中。

沃肯森 [①]

他写字的时候下着雪。
幽暗的房间里他觉得很放松很独特,
当然绝对没人会信赖这样的心情。

这里面一定有道理。
可是,为什么?这总会常常发生,
那么谁发明了这个过程?不是到底明白了什么
　道理,
而是假如真是如此,那么我们
认识它的过程就贬低了我们

像树认识风暴
只有当风暴过去了,光线重新落下来

[①] 诗人或许联想到18世纪法国"自动机器人"发明家雅克·德·沃康松（Jacques de Vaucanson,1709—1782）。他运用生物解剖学知识制作了一些自动机,比如吹笛子的乐手和能进食、排泄的鸭子。

不均匀地洒向所有喃喃低语的亲戚们:
东西与东西,人与物,
想法与人们,或另外的想法。

这种给生活一个空维的向往
很有害,当生活恰恰就是那个空维。
我们是活物,所以我们走路谈话
人们来找我们,听听
然后走开。

音乐充满各种空间
那里各种角色被拖到边缘,
而音乐只能说些什么。

于是肌腱放松,
头脑开始想一些有益的想法。
啊,今天太阳真好:
又暖和起来了,
表演一次,演完它的三部曲。
生命一定在那里。你把它藏起来
所以没人能找到它
而如今你也记不得藏到哪里了。

但如果人能发明重新成为小孩
就非常可能像成为活着的古董
去保护这东西，保护它免得难堪
赶快拉下台幕，

这几秒钟里没人会注意到。
结尾会看来完美。
没有让人惊讶的感情，
没有悲剧性的沉睡从情绪化的
内疚发作里醒来，只有温暖的阳光
轻松地从双肩滑入
柔软，融化的心脏。

（另一个版本——在《世界文学》发表过）

他写字的时候下着雪。
幽暗的房间里他觉得很放松很独特，
当然绝对没人会信赖这样的心情。

这里面一定有些道理。
可是，为什么？这常常会发生，那么这是谁的发
　明？不是到底明白了什么，
假设如此，而是被认识的在我们
认识它的过程中贬低我们，

就像树认识风暴
只是在风暴过去了，光线重新落下来
不均匀地洒向所有喃喃低语的亲戚：
东西与东西，人与物，
想法与人们，或另外的想法。

要给生活一个空维——这种想法
很有害，当生活恰恰就是那个空维的时候。
我们是活物，所以我们走路谈话
人们来找我们，听听

然后走开。

音乐充满各种空间
那里各种角色被拖到边缘,
而音乐只能说些什么。

于是肌腱放松,
头脑开始想一些有益的想法。
啊,今天太阳真好:
又暖和起来了,
表演一次,演完它的三部曲。
生活一定在那里。你把它藏起来
所以没人能找到它
而如今你也记不得藏到哪里了。

但如果人能发明重新成为小孩
就非常可能像成为活着的古董
去保护这东西,保护它免得难堪,
赶快拉下幕布,

这几秒钟里没人会注意到。
结尾看起来完美。

没有种种情感让人惊愕,
也不会在情绪化的内疚发作里
从悲剧性的沉睡中醒来,只有温暖的阳光
轻松地从双肩滑入
柔软、融化的心脏。

表面上

人可以喜欢休息或读书,
出去散步,庆祝厨房的桌子,
三心二意地拍拍狗,同时
想一些阴暗的想法——那么多另外
做事情的方式,人很难确定
未来会怎么处理这个。
它将会再次显露自己,
或者只用做作的平静
当一个人决心要做好点
而下次
却摊上了糟糕的机运?

园丁不可能创造世界
巫婆也不能摧毁它,但
疯狂的医生很稳当
在他常青藤篱后边墙壁厚重的

实验室里,此刻青篱映着雪
变得发黑,准确如长袜的缝线
再次拉直。那边从来
没有任何消息。

很可能要成为永久性的刻板
看来已经接管。钟摆
停止;匆忙的
季节转换表面上不完整。
一个相反的秩序已经在交界处
铺设,当一年可以在那里或分叉
为手腕,或分叉为还愿的
疲乏,但那是停滞的:
一张褪了色的照片
将会很快淡出。

而且也没有旁观者
没有经纪人叫喊"够了",
开战的钟声不响了,
退却的记忆像花一样优雅
如此也以它们的方式成为永久——
我的意思是他们能坚持,总在我们身边,

即使当他们不在了,他们的名字在,
加强剂量的固体,
能活在其间的历险。

由逐渐变暗,煤块
燃烧着落下。有两种存在的方式。
你必须试着从桌旁站起来
在另一个国家放松地坐下
穿有红色吊带的裤子
面对自己的空间和时间。

陌生水域上的平静

两个人都在场,每人都把另一位的
真诚错以为一个精心的策划。
也许像那样的事的确发生过——谁知道呢?
有些敌意,他们在一起
有些敌意地谈话
一边喝下几滴温温的烈酒。

天性感地噘着嘴,雕像
不可理喻的善意,自重的残叶
依然卷来卷去虽然入冬已经很久了;
那封闭的问候,有力的握手,
其重要性足够做一个或更多的梦,
即使是噩梦,而有些梦的确沿着边缘
变得严肃起来。我们对此微笑,

觉得他们很重要,对一个孩子

在早上用委婉说辞讲发生了什么事
当除了猫所有人都走掉以后。但你能看到
另外的吗？啊，欣喜若狂的
接受者接受所有能有的，
我们让你受累了，更好的是
等候并准备好我们去等候
那个盛大的蜂拥，众多的细节
仍然抑缩在前面未来的兴奋之中，
像朵日本纸花。

(在《世界文学》上发表的另一个版本)

两个人都在场,每人都把另一位的
真诚错误地当成精心的策划。
也许像那样的事的确发生过——谁知道呢?
有些敌意,他们在一起
有些敌意地谈话
一边喝下几滴温温的烈酒。

天空性感地噘着嘴,雕像显出
不可理喻的善意,自傲的残叶
依然被风卷来卷去,虽然入冬已经很久了;
在那封闭的问候,有力的握手里,
内容重要得足够做一个或更多的梦,
即使是噩梦,而有些梦的确沿着边缘
变得严肃起来。我们对此微笑,

觉得它们很有意思,像对小孩委婉地讲
早上,当除了猫,所有人都走掉以后
发生了什么。但你能从别的角度
去看吗?啊,欣喜若狂的
接受者接受所有能有的,

我们让您受累了，更好的是去
等候并准备好等候
那个盛大的蜂拥，众多细节
仍然紧缩于前面未来的兴奋之中，
像朵日本折纸花。

大块云

人世世代代努力把他种种梦想理顺。看看这
　结果。
一旦一个想法,比如准确的时间,被阐明
它一定会淡化或传播。腐朽,在老树下,会被注
　意到。
这就是我们为什么把他们装进相框,想让他们留
　在墙上,
虽然照常理说那些友善可以为伍的
必须继续走下来跟我们在一起,部分地
成为我们,从而让他们和我们繁茂:
以往分开的羽毛缕顺了,
我们目光的对象,草,就那么坐在那里
像窗台上的空花盆。

而且一个新的梦想让我们进一步卷入
那种贴近。对,我知道有

层层郁金香和尖锐的叶子
屏蔽我们彼此,我们所做的一切,
以及一个针对屋里不冷不热的气氛
向所有属于或者不属于这里的所做的通告。

终于,好像他们都走开了。
没有一个实际上可以获得的样本。
他们管这个叫和平,过日子,等等。
戳戳点点地指责——哎,一定不指任何人?
每个系统涓涓流出到它自己有限的实例。
撑杆触击底部,
发现河泥对自己不错,一种友善的感觉。
在怪诞又装潢过度的游乐厅里见面,
说了最后的话,第一次爱
升到真正崇高的位置毛发无伤。

地上撒满信件,
快乐地唱着何以永远没人会读这些信的歌。
树和藤萝在微风中一起一伏,
笑声在学校外面昏暗的田野上跳舞:
存在重现在它所有的绷紧里,
开开青少年时候的玩笑,它的影像

用自己纪念碑式的永久性捉弄我们对脆弱性的
　概念。
但是生活不再同样。有什么毁掉了,
有什么走失。

海上清风

也许我只是忘记了,
也许它真的就像你说的那样。
我怎么会知道?
人生越来越神秘而且危险
又没有别人真的显现,
只有我自己安静独处
像草在没有风的今天有
热嘶嘶的见识。
叶子落倒,落掉,晒焦。

至少人可以睡到审判日——
能吗?小心你说的话,惊扰的
群体转向,返回
一个由来已久颜色鲜艳的方程。
没人知道微生物们
在蜕变成什么。我喜欢你

因为这是所有我能够做的。

于是你得到的是个没有加过工的故事,
一股海上清风轻轻把一个人吹走,
不太远。那些人来开会调查这事,他们的
绑腿像夕阳西下,
灿烂而不整齐,并且锐利
好像一个词太久地含在嘴里。
接着他啐出那个核。

（在《世界文学》上发表的另一个版本）

也许我只是忘记了，
也许它真的就像你说的那样。
我怎么会知道？
人生越来越神秘而且危险
也没有别人真的显现，
只有我自己安静独处
像草在没有风的今天和
热嘶嘶的见识。
叶子落下，落掉，晒焦。

至少可以睡到最后的审判日——
能吗？小心你说的话，被惊扰的
鸟群转向，返回，
依照一个由来已久颜色鲜艳的方程。
没人知道哪些微生物
正在蜕变。我喜欢你
因为这是我能够做的全部。

于是你得到的是个没有加过工的故事，
那是一股海上清风，轻轻把一个人吹走，

并不太远。那些人来开会调查这事,他们的
裤腿像夕阳西下,
灿烂而不整齐,并且锐利,
好像一个词太久地含在嘴里。
接着他啐出那个核。

四月大帆船

有什么曾经 燃烧。另外,
屋子远处那头一个不像样的华尔兹
正热火朝天,讲述征服者和他们的
百合花的传奇——那么全部人生就是
一场不冷不热的迁居庆祝会吗?而这些意义的
碎片从哪里来?显然,
是走掉的时候了,去另一个
方向,朝沼泽地和冰冷又不断滚动
城市名字,名字听起来像真的
可这些城市从来不存在。我能想象平底船
像把指甲锉指向宽阔外海的
种种快乐,它会为我停船,
你和我应该试试不连贯脱了节
与水平面差很远的甲板,然后在某天,回来,
穿过傍晚层层撕破的橘红色面纱
那个傍晚将知晓我们的名字,只是用另一种

发音,然后,只有到那个时候,
获取利润的春天也许会到来
按部就班地,像有人讲的那样,以鸟要飞去
的姿势,飞到某个想必
更好的地方,也许,这没什么了不起,
相比之下,一把带翅膀的吉他就很了不起
如果我们有它。而所有的树看起来都存在。

然后有个短些的白天,潮湿的
挂毯流出所有以前主人名字的缩写
警示我们保持沉默并等待。老鼠现在
会不会认识我们,如果会,那么相近能
允许多么深远地讨论这种不同:面包渣或其他
不那么易见的福利?反正都要
分撒,零落,与人的期望相隔很远
就像树根与大地的中心一样远
从那里它依然按时向我们发出
花季欢快的信息和明天
葡萄藤的节日。仅仅在它们下面
有时让你怀疑你知道多少
接着你醒来,你的确知道,但不知道
有多少。光线朦胧的片刻里,一把没有调准的

曼陀林的音符好似与他们的问题
以及同样急切的回答共存。来吧
看看我们但不要太近,不然彼此熟悉的程度
就会在一声惊雷中消失,而那个要饭的女孩,
绳子头发,正不可理喻地哭泣,就会
是这黄金时代唯一留下的,我们的
黄金时代,而且不再有黎明时分
蜂拥出动,夜里在温和的粉雨中
回来,用有色城市的传奇,把我们从自己无聊也
不令人满意的诚实里解救出来,
雾气如何在那里升起,麻风病人
选择哪个方向
去避免这些眼睛,这双爱情的老眼睛。

(在《世界文学》上发表的另一个版本)

有什么曾经燃烧。另外，
屋子远处那个不像样的华尔兹
正热火朝天，讲述征服者和他们的
百合花的传奇——那么全部人生就是
一场不冷不热的迁居庆祝会吗？而这些意义的
碎片从哪里来？显然，
是走掉的时候了，去另一个
方向，朝沼泽地和冷漠又不断滚动的
城市名字，名字听起来像真的，
可这些城市从来不存在。我能想象平底船
像把指甲锉指向宽阔外海的
种种快乐，它会为我停船，
你和我应该试试不连贯脱了节的、
与水平面差很远的甲板，然后某天回来，
穿过傍晚层层撕破的橘红色面纱，
那个傍晚将知晓我们的名字，只是用另一种
发音，然后，只有到那个时候，
获取利润的春天也许才会到来，
按部就班地，像有人讲的那样，以鸟要飞去的
姿势，飞到某个想必

更好的地方，也许，这没什么了不起，
相比之下，一把带翅膀的吉他就很了不起，
如果我们拥有一把。而所有的树看起来都存在。

然后有个短些的白天，潮湿的
壁毯流出所有以前主人名字的缩写
警示我们保持沉默并等待。老鼠现在
会不会认识我们？如果会，那这种贴近能
允许多么深入地讨论这种不同：面包渣或其他
不那么易见的福利？反正都要
分撒，零落，与人的期望相隔很远
就像树根与地心一样远
从那里它依然按时向我们发出
花季欢快的信息和明日的
葡萄藤节。只需在它们底下
有时就让你怀疑你知道多少
接着你醒来，你的确知道，但不知道
有多少。光线朦胧的片刻里，一把没有调准的
曼陀林的音符好似与它们的问题
以及同样急切的回答共存。来吧，
看看我们，但不要太近，不然彼此熟悉的程度
就会在一声惊雷中消失，而那个要饭的女孩，

头发打结,正不可理喻地哭泣,就会
是这黄金时代,我们的黄金时代
留下的全部,而不在黎明时分蜂拥出动,夜里在
　　温和的粉末雨里
返回,把我们自己从无聊也不令人满意的
诚实里解救出来,用有色城市的传奇:
雾气如何在那里扩展,麻风病人
正在选择哪个方向
去避开这些眼睛,这双爱情的老眼睛。

稀稀落落[①]

亲爱的鬼,什么东西保护
中午的人群?我计划写
一个小时,然后读
被人写的东西。

你没有让这个发生的府邸。
但你的探险都像避难所,
你知道在哪里放弃探险的
另一层难度,好像抓住天气好坏。

我们也被刺绣在这个正在发生的景致中,
当我们一起说同样的话:
"我们也曾有同样的东西,"
就像撞大运,在暗中放了一枪。

---

① 以下 5 首选自诗集《洛特雷阿蒙旅店》(1992)。

我们其中一个留下了。
一个前进到桥上
就像在一块地毯上。日子——非常美好——
跟着，落在后面。

(在《世界文学》发表的另一个版本)

亲爱的鬼,中午的人群里
能有何处庇护?我计划写
一个小时,然后读
别人写的东西。

你没有能让这些发生的府邸。
但你的种种探险都像处处避难所,
你知道在哪里放弃探险的
另一层难度,比如去捕捉天气。

我们也被卷入在这个正在发生的场景中,
当我们异口同声地说:
"我们也曾有同样的东西,"
就像撞大运,在暗中放了一枪。

我们当中一个留下了。
一个在桥上前进
就像在一块地毯上。生活——非常美好——
跟着我们,落在后面。

秋日电报

今天早晨在长椅上看见一个男人穿着灰外套
打苹果绿的领带。他不到五十岁吧,
他目光柔和似乎在说,虽然他的样子掺有某种残
  酷无情
的东西给人非常古旧的感觉;我不知道为什么。
角落里有个警察;旁边,一捆捆麦子
像布娃娃那样小心地摆在光秃秃的草地上,
让我希望能再次梦起你。那个火车站以后
我们再也没有真正有意义的接触。但这没什么,
对吗,我的意思是,只剩下讲了。你用手指顶着
  鼻孔的姿势
有多么炽烈的火
像有时在某些被遗忘的传奇故事中突然爆发让人
  意识到:能量
在地下的,不对,我是说在其中的。况且如果所有
失望的旅游者没站起来走掉,我们可能还在

彼此的库存里，疼，那就会是同样的，
是不是，对于插图和索引而言？

实际上我常常在我自己的站到达前下车
不是出于谦逊而是由于我不能与我自己
通畅地交流。然后，出乎意料，叫我看只狗
又要我用几个简短而锐利的副词总结它的位置
并告诉他们要做的事，和我们为什么不能依赖
任何出乎意料的事。瀑布就在我们周围，
我们一直住在它里面，然而去找到让别人闭嘴的
　材料
正是这些每日练习强加于我们的。我的意思是
从树到树，房子到房子的韵律，而且
似乎每隔一个，不知怎么就有某种亮点能加入
谈话的泥沼：不太多，让人抬抬眉毛
或提起裙子。我们都很贯注，甚至在该笑的地
　方笑，
虽然几率不高。这显然是一种说法，
一种意思是什么东西完成了，一件事，聆听总会
随后到来。而且只要你已经听过了，你知道，
边缘会原谅你。我们然后都回去仔细
听，这时正确的信号同时发生。它停了，它蜇人。

(在《世界文学》发表的另一个版本)

今天早晨在长椅上看见一个男人穿着灰外套
打苹果绿的领带。他目光柔和好像在说
他不到五十岁吧,而他的样子透着某种残酷
给人非常古旧的感觉;我不知道那是什么。
角落里有个警察;旁边,一捆捆麦子
像布娃娃那样小心地摆在光秃秃的草地上,
让我希望能再次梦见你。那个火车站以后
我们再也没有真正意义上的接触。但这没什么,
对吗,我的意思是,剩下的只是讲述了。多么炽
 烈的火,
你用手指顶着鼻孔的姿势
像有时从某些遗忘的传奇故事里朝某人爆发的
 能量,
地底下的,不对,我是说地中间的能量。假如失
 望的
旅游者没有全都站起来走掉,我们可能还留在
彼此的拘谨里,渴盼着,那就会是同样的,
对不对,起码就插图和索引而言?

实际上我常常在自己的站到达前下车

不是出于谦逊而是由于我不能与我自己
通畅地交流。然后,出乎意料,别人叫我看只狗
又要我用几个简短而锐利的副词总结它的位置
并告诉它们要做什么,我们为什么不能指望
任何出乎意料的事。瀑布就在我们周围,
我们一直住在它里面,然而找到让别人闭嘴的
　材料
正是这些日常练习强加于我们的。我的意思是
从树到树、房子到房子的韵律,为何
每隔一个似乎都有某种亮点能加入
谈话的泥沼:不太多,扬起眉毛
或提提裙子。我们都很贯注,甚至在该笑的地方笑,
虽然概率不高。这仍然是一种说法,
一种什么事完成的意思,一个事件;听证总会
随后到来。而且只要你已经听过了,你知道,
边缘会原谅你。而后我们都回去认真
对待,然后正确的信号同时发生。它停止,它
　蜇人。

洛特雷阿蒙旅店

1.

研究表明民谣是由整个社会生产的

作为一个团队工作。他们不是随机发生的。不靠
　胡乱猜测。

人们，那时候，知道他们想要什么和怎么得
　到它。

我们从这些各异的作品中看到结果，比如十八世
　纪英文的长诗

　　《温莎森林》和短歌《招待井的妻子》。

作为一个团队工作，他们不是随机发生的。不靠
　胡乱猜测。

精灵王国的号角悠扬而过，几秒钟后

我们从这些各异的作品中看到结果，比如长诗
　《温莎森林》和
　　　短歌《招待井的妻子》，

或者，用个比较现代的例子，西贝柳斯小提琴协
　奏曲的结尾。

精灵王国的号角悠扬而过，几秒钟后
我们所知的世界，陷入痴呆，提供过时的叙述，
或陷入西贝柳斯小提琴协奏曲的结尾。
别着急，许多帮手将使工作重新轻快。

我们所知的世界，陷入痴呆，提供过时的叙述。
不管怎样讲，这裁决已姗姗来迟。
别着急，许多帮手将使工作重新轻快，
所以我们待在室内。追逐不过是另一个历险。

2.

不管怎样讲，这裁决已姗姗来迟。
人们欢天喜地高兴得忘形
所以我们待在室内。追逐不过是另一个历险
而结果很有问题，不过会在很远的将来。

人们欢天喜地高兴得忘形
却没人想到质疑这种集体狂欢的原因，
而结果：有问题，不过会在很远的将来。

萨克斯管哀嚎,马提尼鸡尾酒的杯子喝干了。

却没人想到质疑这种集体狂欢的原因。
在困扰的日子里人去巫师或神父那里找安慰和
　忠告。
萨克斯管哀嚎,马提尼鸡尾酒的杯子喝干了,
然后夜就像黑天鹅的绒毛降落这个城市。

在困扰的日子里人去巫师或神父那里找安慰和
　忠告。
如今,只有愿意的才命定去接受死亡作为奖赏,
然后夜就像黑天鹅的绒毛降落这个城市。
如果我们企图离开,脱光衣服会不会帮助我们?

3.

如今,只有愿意的才命定去接受死亡作为奖赏。
孩子们扭着呼啦圈,想象有一扇门通向外面。
如果我们企图离开,脱光衣服会不会帮助我们?
还有那些旧的,轻的忧虑?河的?

孩子们扭着呼啦圈,想象有一扇门通向外面,
当我们所想的只是我们能带走多少。

还有那些旧的,轻的忧虑?河的?
所有的巨兽都——穿过了时间的迷宫。

当我们所想的只是我们能带走多少
就不该奇怪那些人紧张地坐在家里没点燃的壁
　　炉旁。
所有的巨兽都——穿过了时间的迷宫。
接受我们的共同之处仍是我们要做的。

不该奇怪那些人紧张地坐在家里没点燃的壁炉旁。
毕竟是由于他们的选择,敦促我们成就想象力的
　　功勋。
接受我们的共同之处仍是我们要做的
这样才能阻止时间捕获更多的人质。

4.

毕竟是由于他们的选择,敦促我们成就想象力的
　　功勋。
此刻,悄悄地,就像一个人登上楼梯,我们涌入
　　开放的空地
这样做才能阻止时间捕获更多的人质,
结束历史很久以前开始的对峙。

此刻，悄悄地，就像一个人登上楼梯，我们涌入
　开放的空地
但它被笼罩着，覆盖着：我们一定犯了某种可怕
　的错误。
为了要结束历史很久以前开始的对峙
我们是否非要一直向前挺进，直到变态？

但它被笼罩着，覆盖着：我们一定犯了某种可怕
　的错误。
你用一枝玫瑰擦拭额头，推荐它的棘刺。
我们是否非要一直向前挺进，直到变态？
只有夜肯定知道；秘密在她那里是安全的。

你用一枝玫瑰擦拭额头，推荐它的棘刺。
研究表明民谣是由整个社会生产的；
只有夜肯定知道。秘密在她那里是安全的：
人们，那时候，知道他们想要什么和怎么得到它。

在另一个时间

事实上就是因为你停下来,
其实没必要,
树林还没那么黑,但
你停下来,然后又往前走了一点
好像去捉弄这个停下来的想法。
到了那时侯,所有东西
都已经笼罩在夜色之中:
轿车在剧院门前放下乘客
灯光充盈,又缩紧
成细小的碎片。接下来听。

一种涂了脂粉的郊区中产阶级的诗歌符合
这个描述,然而不很
准确。没有那种轻捷,
虽然事情很快就做好了。
我早年收集动画片的日子

变成了这一捆捆的印刷品,瞧:
这上面印了些什么?
谁知道它将来是什么?
与此同时它张着嘴喘不上气好像上钩的鱼。

毫无疑问,这是张比你过去能够希望的
更为光鲜的肖像,而且所有
主要的侧面都在:
你在瀑布下弯着腰
好像去辨认青苔上
细小的迹象,接着一切都复苏了
不过是静静的。没法把它转录下来。

四重奏

永远

因为我看见最美的
名字在我前面落下

我被流放到一颗小行星上
缠绵的理性与某处松动的连接
完美的融合

只是别让我老想它
永远
我正在弄清楚什么先来
什么后来迟到:

台球派对的请帖
在那里开胃小菜免费

还有头一杯酒但后面的
酒水不在内
这对我来说有点晚过季了

我跟一位劳顿且隐身的客人讲
人必须进入新的境遇
不时地寻找
新的地方,我说,他好像
同意

我的派对伴儿已经好久不见人了
嗯,也好,我刚才一直想甩掉她,怎么样
咱俩上楼吧,到处看看
镁光灯一闪一闪的
我说
好,无论如何已经板上钉钉只能承受了

而且露脐女孩们排练好
10:30 准时到场,都别动
直到所有人上台,我
觉得我知道这是什么意思,他说
咖啡和甜甜圈会在

这个顺畅的介绍完成前就吃完了，我相信我是
你的一个朋友，那当然，他说，让让，给斯科特
  小姐腾个地方

我想我是闲得没事去担心
别人怎么对付感冒
它属于我们每个人像一条毯子
像赶不走的恐惧
虽然晚上恐惧会消失
而在早晨它又回来了
我们每人都得应付它
就像应付大肠和膀胱，就像

不管喜欢不喜欢，我说，我们每个都是
一架机器来研磨或分拣所有
消化或排泄的东西，没有
计划停下一会儿
休个短假
待在家里看个戏或旧电影
都没用，坏了，因为
我们已经宣判自己是
联合协议的一方

的的确确我只想回来一会儿

确保我没落下什么东西

哎呀，真想不到我成了这里的主角

小棚房里所有该回避我的

东西都藏起来了

一切都看上去很正常

所以我应该准许这个文件

没有可能想到的理由不批准

有吗

我说，他说，没有，一切都在大风大浪里过去了

而且无论这一系列想法引起了

什么样个人私密的联想，没有

变化可能是由于

我预先看见他领先的地方

再者，几个世纪过去了，我才能把

我觉得什么是正义与法律责任

分开，把所有东西绑成一捆

在你的镜子里认出我自己

当我们俩都回到那湾幽暗的池塘

并同意最好以干杯和诙谐的安慰来

培养我们之间的感情

而不是开始一个新的长征
那样也许会在途中停滞不前越陷越深
更不是那些带棚载货的长途马车
在新的一天会合,他说我同意
我不明白这些提示卡片的
意思,有关外面在下雪,疗养院
阳光屋,真的吗,我要花毕生精力搅和
别人的欲望,然后把每样东西
拼起来就在一切都完蛋以前,嗯,我会说
是的,我曾经知道它的意义,很不错的意义
而现在大家都能看到其中的意义了,我却把它
忘光了,但我猜一切看来都挺好的,他说

月亮的幽灵骑士[1]

今天我想让它保持原样。
口袋里的小梳子——"像梳子一样脏",法国人这
　么说,
然而没那么脏,肯定在精神层面上没那么脏
某些人直觉;剃须刀,以一个角度躺在
直立的牙刷旁;像一条鳄鱼在暗中捕猎
一位芭蕾舞女:所有事物独特的效果
在它们自己的原始状态,也就是,真正疯狂

而且不对世界和上空乙太道歉,
然后崩溃地意识到一个暂停
已经喊出。楼梯踏板
合谋其中。沸腾的油
在盛着自己的容器边缘上弯着腰,就那么坐在

---

[1] 以下3首选自诗集《而且星星在闪耀》(1994)。

那里。

没人致歉,再也

没有,也没用借口把东西退还给了商店,

只有对峙,平静,永恒。人可以再次敬佩

东西表面的涂料,不带偏见

或讽刺,把核悄悄地

去掉——唉,吐掉。这样的

话题被我的耐力找到了

像一个探照灯也加班加点,

像学生们现在一排一排

专心坐好,整齐地等待这些词充满

令人烦恼的沉默的每一个角落。我们把他们

汇集起来,最终为了他们独一无二的

冷漠,对彼此,也对马戏团

我们所有人都住在其内,也为了他们的可收集

  性——

这个,以及他们易碎的倾向。

嗯，是的，实际上

致相关人士：请听着。
大约在一年半以前一个小伙子在我的办公室里。
这个小伙子，
他的名字是马克，
他是我认识的另一个叫弗雷德里克小伙子的
　朋友。
原来，马克，
过去一直在勒紧裤带努力自救，想知道
事情的秘密，而这秘密早就众所周知，
比如：水，是不是看起来肿胀，或它有多重
当所有水分子都撤走以后，
另外当正确答案已经散发给大家后自己应该对谁
　发言呢？
我告诉他，尽我的能力，
的确，就像我过去告诉过别人一样，这类软
机制，这类软件，不可能调控，而且就算能

调控,
没人会想要任何答案。嗯,他就坐在那儿,
发呆。后来,当乌鸦大叫着恢复自己
飞过山谷和草地,在夜里的岛上,
答案也对他讲话。只是它不能,他马上意识到
　这点,
不能再次重复。不然,有人就会恼怒地拔出刺人
　的荨麻,
到处拍打,用天不怕地不怕的
态度,如果你高兴就发作一通,拍扁了像一张纸,
比便道上剥下来的影子还扁。但我跑题了。

在这镇上,在这棵树旁边,一座学校骄傲地站
　着,曾经
很高大,从远处,可以看见很多人出来进去
当钟在牧场式红钟楼上敲响每个钟点的时候。
当然,狗也晃进晃出,
还有卖水萝卜的。后来,一个人
看来像是个偷牛的人,不喜欢
学校的各种设备:书桌,水龙头,
黑板擦等等。他觉得很可惜
有些孩子来学习而且很快乐,另外一些

在阴凉里,无聊地编辫子,不读书

也不做算术,而牛奶在树荫下

高兴地变酸。镇外的孩子来了

鄙视其他人,他们也开始吵架

直到老师把他们都召集起来说:

"好孩子们,我的孩子们。除了这个我不要你们做

其他事。"这个偷牛的想,如果这就是他们在学
 校教你的,

我也许应该回去上学。我是个孤僻的人,我保证,

孤僻者不能学习,虽然他们也许懂一件没人知
 道的

事,或者,出于同样原因,也没人需求的事。

这时,一片阴影笼罩

种水萝卜的田地:这可是真实的正品,

而其他的假说都已经被轻微但悲哀地替换掉了。

他们思考这点。那位老师至今思考这件事,

她不知道她哪里出错了,

为什么三棱体不折射出电子色彩

为什么本生灯不把孩子们的回嘴点燃

并汩汩流过在那里的那些长桌子。

这些是我哭泣的苹果,

她说,他们从来没送给我的苹果,而我,
我苦恼地不能做梦。
呃,你觉得马克和佛雷德里克听到这个
会抢先表示慰问?但首先
他们把粉笔头扫成一小堆
并且把它献给那个陌生人,而对那个老师,他们
　送她
罗马果园女神波摩娜欣喜意愿的产品,
波摩娜整天在海边一个人跳舞,醉醺醺的,
却像个只有现代的幽魂那样爱我们。
后来他们把门撑开
用一块楔形的木头,门就这样老开着。

桃金娘

你的名字会多好玩,
如果你能向前追踪直至
第一个想到说它的人,
以它为自己命名,或者
别的其他人想到它
用它命名了那个人。就像
跟着一条河走到它的源头,
这当然不可能。河没有源头。
他们不过自动地出现在一个地方
在那里他们变宽,紧接着一条真正的
河就出现了,有鱼和杂物,
如你所愿很有气派,而且有人
已经给了它一个名字:圣本诺
(圣徒们在这点很吃香)或者,或者
其他什么名字,他很久以前
失去的女朋友的名字,她终于

以那条河流现身,
台上,她的嗓音叮咚
好像河床,她沙子与
纸糊的服装,一件很有技术的作品,
同时她一路在想,我可以
做任何我想做的。但我想留着这里。

我的生活哲学 [①]

就在我觉得脑袋里没有地方
装另外一个思想的时候，我生出了这个伟大的想
   法——
叫它生活的哲学吧。简单说，
它涉及像哲学家们那样
按照一套原则来生活。好吧，但按哪些呢？

这是最困难的部分，我承认，但我预先有一
种暗箱的知识知道它会是怎样的。
每一件事，从吃西瓜，上厕所
或者仅仅站在地铁月台上，出神
那么几分钟，或担忧雨林的生存
都会被我的新态度影响，或者更准确地讲，
被感应到。我不会去说教，

[①] 以下3首选自诗集《你能否听见，鸟》(1995)。

或为孩子和老人担忧,除了
用我们装了发条的宇宙所决定的一般方式。
相反,我会让事情基本上照旧
同时给它们注射这我以为我跌入的新伦理
气氛的血浆,就像一个陌生人
不小心偶然按到一块饰板,书架就向后滑开,
暴露出一道盘旋的楼梯,在下面什么地方
燃着盏泛绿色的灯,他不由自主地走进去
而书架滑着合上了,正像在此类情形下的惯例。
香气一下子将他覆没——不是藏红花,不是薰
　衣草,
但是两者之间的什么。他想到坐垫,就像
他叔叔的波士顿斗牛犬曾经卧在那上面探寻地
观察他,两只尖耳朵折下来。接着大洪流
来了。没有一个想法从中生成。这足够使你
对思想很反感。但这时你想起十九世纪美国实用
　主义哲学家

　　　威廉·詹姆斯
在他某本书里写过的东西,虽然你没看过那本
　书,那东西不错,

　　　很精美
生活的脂粉覆盖其上,当然,不过是靠机运,

然而
   仍旧在寻找
指纹的证据。某个人已经经手处置过了
甚至在他臆想好之前，虽然那个想法是他的而且
  只是他一人的。

在夏天，去海滨很不错。
还有种种短途旅行。
羽毛未丰的白杨林欢迎旅行者。旁边
公共厕所里困顿的朝圣者刻下他们的名字
地址，可能还有信息，
给世界的信息，当他们坐着
想他们要做什么，在用完厕所
在水池里洗完手，然后走出来
再次回到敞开的空间。他们是不是被某些原则哄
  骗进来，
他们的字句是不是哲学，不管多粗糙？
我坦白我不能沿着这个思路继续深入——
某种东西正在阻塞它。我不够高大
不能越过这东西往前看。或者也许我就是害怕了。
我以前的作为怎么了？
但也许我可以发明一个折中的方式——我将让

事情照原样,基本上。秋天的时候我做果冻
和果酱,抵抗冬天的寒冷和无收成,
这样做很人道,也很聪明。
我不会为朋友们的蠢话感到难为情,
甚至我自己的蠢话,虽然我承认这是最困难的
　部分,
就像在一个拥挤的剧场,你说了什么
激怒了前一排的观众,他连两个人在他附近
谈话都不喜欢。嗯嗯,必须把他
亮出来以便猎手们有机会收拾他——
这事有借有还,你懂吧。你不可能总
为别人着想又同时理清
自己的事。那样是滥用精力,就像参加
两个你不认识的人的婚礼那么没趣。
然而,在种种想法之间的缝隙里还是很有趣。
他们就是为此而制造的!现在我要你走出去
好好享受,对了,也好好享受你的生活哲学。
他们不在每天光临。小心!一个大家伙来了……

动乱诗

人适时地懂得了生命之河,
误解它,就在它变宽,岸边的城市长得
又黑又密,永远越来越远。

当然这遥远的密集适合
我们,就像羊羔和苜蓿也可能会
如果事情是按不同的指令而建的。

但是由于我不了解我自己,只有各个局部的
我之间相互误解,没有
理由让你要,你也没法能够

即便我们两个都要它。那些高塔真的存在吗?
我们必须这样看它,照那些线路
以便那个想法能自己挺立,就像胶合板的街垒。

你应该想到

同时,回到
没有灵魂的美国,大家像往常一样
取乐。

一只鸟访问鸟水池。
一位少女复读历史课
多重史。我的巨型单位在春天的
皮锁带下吃紧。
年度竞赛开始了——

某个人头上的白色花朵。
他踩着空气跳华尔兹进来,

反复研磨你这起蓝调。
皮锁带有弹性也敏感
但我恐怕这次我被自己造成的

云朵包得太紧了。

另外那次是雨从一棵树上
滴到一座房子上滴到地上——
每件事帮助它自己以及另一件事
往前一点。这在如今是不可想象的
在如今敏锐回答和强势追问中。

日常太熟悉了,

这石头路磨损着。

清　醒[①]

量不那么节制的白葡萄酒，四处翻飞的六翼天使，
秋天的回忆——告诉我，
是不是还有别的人做过更有弹性的表现，从停
　车场
赶走更少几个妖魔
那时我们所有人都在那里手拉手?

一点一滴，真实样子的想法回来了。
你对我的照顾让我很感动，
简化为种种讨好的借口。
我们心爱的小房子里每样东西都一尘不染，
钟滴答滴答，高兴自己
成为永恒的学徒。灰尘颗粒曼舞
来取代我看见的。每件事都好像

[①] 以下3首选自诗集《清醒》(1998)。

在很久以前发生过

在古怪的桃色纸上

那上面有关真正对立双方的法律被判定得

很随意。接着书自己把自己打开

又读给我们:"你们一群撒谎者,

当然被十字路口诱惑,但我带着一种特殊蓝宝石
　的强度

喜欢你们每一个人。

看,我首先在这里出错。

客户离开了。历史源源不断,

在这些岸上心不在焉地滚动。每一天,清晨

浓缩像一颗很大的星,不烤面包

给无信仰的人穿鞋。多么便利呀,如果这是个梦。"

在下一个卧铺车厢里是疯狂。

迫切的困倦设置自己

直至圆白菜包围的地平线。假如这次我

多放一点我自己,塞住烈酒,而这酒是我们

懒惰鬼的交流,并施展我的意图

就这一次?但只有当我能

从这个记忆里得到些什么。

有一次,一个慈爱的地精

出于恐惧蹲在我的仪表盘上,但我们都被告知
不要去关注追逐的境况。这里
好像随着每个世纪的经过变得更亮。无论你怎么
　扭它,
人生都一动不动停滞在车头灯下。
真怪,没人听到吼声。

大笑的卤汁

危机刚刚过去。
哎呀,它又来了,
寻找一只替罪羊,你,或我。

这么多人进来了……
上次我们亲嘴
我注意到你的耳环。
求你了,请告诉我,我们可以开始了。

狼工厂里所有的狼都停下来
在中午,静默一会儿。

接 近

见到你很高兴,那天
在狂欢节。我的那份墨西哥玉米卷饼很香,

我希望你的也不错。
我那时想要实现你对我的梦想

用一种合适的方式。比如,把我的新手套送人,
或者围着我们所有不对的地方画个框子。

但这些马来硬树脂灯具不为我们说悄悄话。
如今有的晚上,我很恐惧地

孤独。粗暴的风充满着松枝
在门口台阶旁,忍冬藤被魔幻了,

而且我必须在钟敲之前离开

不管它打算什么时候敲。

别在这荒野之地离开我!
要不,如果你走,给我报酬让我留在这里。

这间屋子[1]

我进入的屋子是这间屋子的一个梦。
沙发上的那些脚当然都是我的。
椭圆形肖像上的
那只狗是我早年的样子。
某些东西在闪烁,某些东西被噤声。

我们每天午餐都吃通心粉
除了星期日,那天一只鹌鹑被引诱来
上桌端给我们。我为什么告诉你这些事?
你根本不在这里。

---

[1] 以下 6 首选自诗集《你的名字在这儿》(2000)。

工业拼贴画

我们经常做检查。
在这里,数量控制是我们关心的,你懂吧。
没有一批货可以离开场地
而不至少被表面的一瞥扫视
板条箱的顶部。因为有谁知道那里
关着多少魔法呢?

与此相仿,当产品抵达市场
我们也多少留意那里的情况。
对魔法的抱怨
近年来滴滴点点越来越少。
尽管如此,你也不知道是否有人会胡来
篡改公式,导致
世界末日的叹息在街上泛滥,
狗叫,汽车失控滑行,一整批
残忍的后果。这就是我们为什么养一队

专家在手边,永远警醒,警惕轻微一点
对某人裤子秩序的威胁。春天这些事件会加倍,
　甚至加四倍。
每件事都想要从箱子里放出来,在四月或五月
而我们要试驾每个最后结果,在它被黏到
集锦册黑色闹剧的规范。所以必须有人时时刻刻
值班,当然还有后援预备,这样这个闪亮的星团
才能继续转动。

像地上的一个苹果
它看着你。街区警察很和气,
逮捕了一个恶棍,虽然他没上法庭受审,
对这种事件这很正常。
与此同时春天一步一步无情地进入夏天,
而夏天,自相矛盾地有更多活动但表现较少。
旋转木马开始把八月份的狂欢节转出来。
最好把监狱留到冬天,一旦自律的荣誉系统失灵。
对立僵持很可能污染新的开始。
十一月讲得最好,几乎用耳语,
因而令人惊异地几乎没有让人失望,
只有这个新的背景,一根更细的针拿去穿线。

我一生的历史

很久很久以前,有两个兄弟。
后来只有一个了:我自己。

我很快地长大了,在学开车以前,
就长大了。那就是我:一个臭烘烘的大人。

我想到要培养一些爱好
有人也许会有兴趣。没肥皂泡。

我变得常常眼泪汪汪在当时看起来
很愉快的早年。当我越来越

老,我对我自己的思想和主张
也变得宽容起来

觉得它们起码与其他人的一样好。

后来一块巨大且吞噬的云

过来了并在天边浪荡，喝到
完，好像一直喝了几个月或者几年。

葡萄收获

巴黎十五区的一座高楼渐渐淡出,然后整体消失。接近十一月天气越来越坏。没人知道为什么也没人注意到。我忘了告诉你你的帽子看着很神气。

一个进入睡眠的新方式找到了。老年人四处监视要实施这种睡眠。你醒着觉得神清气爽,却又觉得有什么东西变了。也许因为孩子们唱得太多。索菲亚不应该带他们去音乐会。我当时求她别去,但没用。还有孩子们在院子里四处乱跑。也许有人想用院子,或希望院子空着。一个晚上所有椅子都坐满了。

我苍白也坐立不安。几个演员陪着我走到小屋去。我知道有人会丢失或破坏我一生的作品,或发明。但某种东西要我冷静。

有个不常见的朋友留下，是的。结了婚的男人，紧巴巴养家。我去了那个展览。我们回来后听些录音。很奇怪，我不曾注意到岩浆涌出。可它就在那儿，她说，今年每天晚上如此，像一条河。我猜想现在我注意到的事情少了，

比我年轻的时候。

这么大随意性，就像梳毛机上的羊毛。你承受不起保持警惕，她说。你一定要继续如此，开放且易感。像身体的一个空腔。然而，如果你被注意到了，那上交建筑裤样就已经太晚了。我们，如你所讲，必须保持联系。不被注意到。我是不是因为这个才出生，我小声嘟囔。这一整月，我在这儿做什么了？等那个修理工人，我猜想。

你在哪里呢，当最后几滴滴下的时候？正把我的吊袜带系到长丝袜上。整个事情结束极快比你念出"杰克·罗伯逊"的时间还短，我们回到营地，一件小事接着另一件出了错，但总体说来

生活是精神性的。尽管如此,现在该拔营撤了。也许我们会在小径上碰到个戴连帽的陌生人指给我们一个方向,那个方向也行,虽然无聊也有点意思。

我记着樱花盛开的世界抬头看太阳同时想到,我做了什么值得这个或其他任何东西?

奇怪的电影院

说真的,来这里让我很伤心,
我不害怕,也不是不愿意来,
希望你会把事情讲清楚。
你知道,你能在一分钟里完成
如果风向对头又没有罪犯捣乱。

我们坐下,你告诉我我怎么发疯。
我应该向董事会其他成员请愿
可恐怕永远不会有什么好结果。
这已经持续的太久了,不该有这样的事情发生,
但去是对的,像以往这样继续下去是对的,
即使在正确中有种奇怪的感觉
而现在没人能认识到这点了。他们看夜
脱衣服,编没编辫子的,刷牙,
浪在远处礁石上翻腾的涛声,
只能想到这会多么像天堂

如果这一切能晚一些发生或者有另外的样子。

此刻,根据某些信息来源,
新的仿古改装潮是种商品,
带着沉默,和甜蜜。
平缓地,平缓地……

而且当甜蜜调配好了,
可不,我们就比现在有些人知道的多了。
这是我能给你的全部,
我的损失,我亲爱的。

渐　入

继续在山里迂回绕行，
有些人走丢了，在山洪里冲澡。
另一些闯进一座大城市的边缘
正赶上暴动开始。他们被告知，旅游者
不应该试图逃走，而要享受这个国家
真诚的好客，顶好的旅馆，有的有面海的房间，
而且都备有最新式样的健身器械。
"当然，要尽力积极面对，与盯着看我们的当
　地人
交朋友。我想知道吧台什么时候开，是不是
　会开。"

回到费瑞森旅馆①，里面的气氛是
压抑着的责难，就像一个晚到的客人感到的，

---

① 费瑞森（Frisson）在法文中，意为：战栗、惊吓。

甚至

　　在道了歉而且道歉也被接受了之后。

　　金属枝杈摩擦着窄桥和过道。

　　不时地有个小女孩过来，总又沉默着，

　　两手握着简单的礼物，比如一个兔子橡皮擦。

　　而这不能与实际生活相比，

　　当我们想到我们过去经历过的，

　　甚至最近刚经历的相比。热带季雨，在五点钟
　　　袭来，

　　正好当精心调配的鸡尾酒终于端出来的时候，

　　大雨取消了礼貌，迫使硕大的居民们逃离。

银柳时代 [1]

这得花些时间。
不必,就要完成了。起码今天的。
我们将有个美丽的故事,老故事
值得钓出来,当他的喘息停止后。

我从来没梦想到这一池的懊恼
会如此影响我。看,我在颤抖,
在他策划出的做作的日出里
和妖魔一起缩小。
于是将没有字母给真实,
用来为它造一个词。它会站着不动
为它自己全部的价值。赶羊的雇工走过来,
吹着口哨,眼睛看着树。他是两个主人的仆人,
这可算个借口,虽然不真是一个充分的借口。

---

[1] 以下 2 首选自诗集《中国耳语》(2002)。

不管怎样，他已经不再受欢迎了。最后一趟列车
　已经走了。

在这种种情形下，人怎么能继续自己的生活，
亲爱的蛇，它总为我们着想
只要你别被它伤害？
我的天哪，我以为我已经见过好多代人了，
可他们没完没了，一代紧追另一代，
踩着它的尾巴，嘶嘶出声。

到最后那能够是个多美丽的老故事
如果最后几排的人能停止咯咯傻笑一分钟。
白天我们用力划桨，套利
得以来到这个地方。晚上它不算什么。
奇怪我们没预料到这点，
但最蠢的线索常常被最精明的探警忽视
而且我们回到某个恋物癖的黑胶唱片极乐园
没有线索我们怎么就到了那里
除了你枕头上那一小粒钻石——它一定是一滴泪
从梦里孵化出来，而你那时竟然知道你在做
　什么。
现在，都是恐惧。恐惧和做错事。

我们舷外马达噗哒噗哒停转了,接着静寂
从天空每一个点打下来。我们年轻些的时候
就接受过这经历,觉得就像一串球投过来……
也许雷和闪电都是二维的,
也许从来没有恐惧的空间,
也许别人陷进去了,和我们一样,再编些
好玩的故事来掩饰自己的行踪。等等,
那里有一个人在城堡最严密的守阁里想发言。
　胡说,
他现在也不见了。

是的,他滑倒就死在你面前
而你打算把这扭曲成一个社会风气?
去炮制另外的故事吧。
窗户在空泡里反省,
我这么经常向你祈祷,
可你的世界根本不理。
我觉得好像厄运缠身。但后来一只蜘蛛领路
回到屋里

并且我知道了我们为什么一直没走掉。外面烧着
　山火。

这是费莱蒙和鲍西丝①的和平,
把大块面包和肉肠送给衣衫褴褛的陌生人,
还有一壶比最暗暮色还深的葡萄酒,
桌上摆满奇特的东西
给我们中间最急需和悲惨的。

天使,请回来吧。让我们再次闻见你天堂的
　气息。

---

① 费莱蒙和鲍西丝是古罗马诗人奥维德著作的道德寓言《变形记》中的一对老夫妇。他们的好客得到了神的报答。

像空气,几乎

它降落至
这么少:
镂空透明的句法
一桩事和另一桩;
愉悦的晚餐
和寒冷的火车旅行去那个可以耗竭的
源泉。

我们几乎不耐烦了,
把帽子扔给第一个
接着给另一个,
但始终没有决定
放弃驾驶。
我们想要的那么多!
但除此之外,是
变幻无常,注定的。

所以我避开。
这很值得。
天使般的黄昏在下午之下到来,
一只紫耳蜂鸟抖动疑问的翅膀,
这样我们也许能被带出去,
晾凉。

而且当高潮之后发生于
柔软的碎片,在这里
那里落下,
把夜的蓝宝石签署给出,
我们以为这是某种迹象。
"一定是某种迹象。"
而后,起风了,带着冬天。
"怎么回事,我们不刚刚在这里?
五分钟以前?"
我想我再看一看,
但那条路完全变了,再说,
没人去那里了,
太流行了。

我从来只想要
一块碎片，
但我能够有它，它太多了，
但它的触摸属于另外的时候，
当我准备好了。

人群和平落潮。
嘿，人生挺不错的。

无知不等于无罪 [1]

我们被警告过蜘蛛,以及偶尔的饥荒。
我们开车到下城去看望几位邻居。没人在家。
我们舒服地坐在市政府开辟的空场里,
回忆其他,不同的地方——
而它们不同吗?我们过去不都熟悉它吗?

在葡萄园里蜜蜂嗡嗡单调地唱诗,
我们和平地安睡,加入这宏伟的合唱。
他向我走来。
就像过去那样,
除了现在的重量
从我们与天堂的协议中逃掉。
实际上没有什么理由可以庆幸,
也不需要转身向后。

---

[1] 以下3首选自诗集《我要去哪里漫游》(2005)。

光站在那里就迷路了,
听着头上电网哼哼。

我们哀悼能者多得的野性活力,
让桌上有饭,杯里有奶。
我们连爬带滚匆匆忙忙
回到他已经变成的水晶石原本,
我们所有的担心,所有的恐惧。
轻轻地走下来
到最底的台阶。在那里你可以悲哀也可以呼吸,
把你所拥有的东西在冰凉的春天里冲洗。
但要小心常在这里出没的熊和狼
还有那个阴影在你期望黎明时出现。

怀 旧

这真的很刺激
当月亮从山顶升起
而你也对某人忘怀
咸鲜又善变,你唯一爱过的人。

在公园里散步很享受。
现在去耶路撒冷
我走进了一个旅馆的房间。
我不需要报姓名或其他什么。
我曾去贝尔维尤精神病院,
数落了那人一通。
就像我说的,这真的很刺激。

把物体弯曲也很刺激
它们总回到它们指定的凹槽——
它会永远如此吗?汽车部件

还有机会出人头地吗?

要去做工了。
艾达公主计划要我们每周苦干四天
直到花的苞叶紫红起来。
然后有个追尾的晚会——
你的汉堡肉烤到几分熟?

要不要配点茶?

我曾看见她为某些动物嚎哭。
这不意味着事情不发生
或者会自己消失,或变得更坏。
最坏的会是什么呢?

午夜的森林将你拖走,几千顷的桃园。告诉他我如果是他就不会这么做。没有什么能让蝗虫停止叽喳直到它们在晚上被关起来。他一点一点挪近你的储物柜。我为什么让它敞着?我忘了锁的号码。但看起来他对储物柜没有兴趣,也许是我的鞋——与他过去见过的东西都不一样。他感到气氛的紧张,先抛出一句俏皮话打破沉默,某处的天气,或者——或者对时间的观点，时间怎样广泛地在不同渠道里流动，又总和自己保持一致，直到那天——我要开车回办公室，几英里的伙伴，收集去年的弹药。那么，我肯定要去乡下了，他笑着说。

组　合

我们过去叫电视布布管,
但我想他们不再用管子了。
无论怎样,它服务于一个小用途
在清醒以后和入睡以前。今天的新闻——
而真有所谓新闻,
甚至口述历史吗?是的,当你过了一阵想
回头并估算积累的
落叶,比如在沙坑里的。
其余的是租来的抑郁
应季才有
而应季总是下个月,
一个纯粹且苦恼的日子。

这就是我为什么不常出去,虽然
待在家里从来也好像不是种选择。
再者,谈起种种古怪的观念,"家"当然

算其中最靠前的一个。我觉得"现在"
和"过去"比较肯定,因为他们离我很近,
像情人,虽然他们显然不与我相爱,
可我爱着他们。我喜欢呼唤他们,
他们有时回答,出于涉及很深的某个梦。

手持相片 [1]

这是我们没做过的。
我会记住那个早晨的气温。
同时我谨慎地乐观。

那个下午在床上
在那个大农场
是那些时光中的一次,
无论我们是否需要它。

她故事的裙摆在边缘,
与奇奇怪怪的面包一同喝下去,
睡得太多或太少——
我们有地方坐吗?

---

[1] 以下5首选自诗集《通风走廊》(2015)。

我甚至还没找到时间和你谈话。

看到了我前面的景象。是的，我现在找不到它，

工作经历。它叫什么来着？

你想要我们删除

让我感到非常好的几个时刻吗？

以你不知道的那些方式？既不

明显地英俊也不确定地平凡，自尊

好像溺爱它自己种种不完美，

在暴风雨中嘻嘻哈哈，

取笑正秃顶的意识。

我知道对此你一定会怎么感觉。

我走掉算了。

每天的新闻，或者让人担忧的沉默。

令人尊重房间里的一碟菜。

回来的那个人，翻来覆去

争吵着，闯进错的洗手间——

自底部大幅度移动，一种力量

在那层地板上漫步……

艰巨的任务

讲述被打断。
在一个雨夜你能一眼看到一个传教士,
虽然我并不认为这傻到值得被大骂一通。
人们回来找实惠的东西
而且大家当时都很迷茫,就像我说的
那样。把乡下每种报纸都烧掉,

但如果这不可能,也好,
我就把它夹在两腿之间
或者其他谷仓场院的常客。
正是他昨天自找麻烦捣乱。
我们知道他一直沿着开辟好的路走
拾起前人留下的面包屑就像没有明天一样,而
的确没有明天。但既然你在这里
我们就开始吧。

摸石头过河

嗨和我一起醒来
这些带着询问的再见。
嗨呦事情真糟糕
一团乱麻,几方真假
(因而看起来很有意思)

他把他们惹急了:
休闲上衣,
乘另一个人的车回家,
悄声耳语,那么着,
悄声的翘须,
已经有这么多事情你要分享。

可我那时挺顺当,
而这是你不需要的。
我当然抱歉我吓着了你的国王,

假如真的是这么回事。
你弄懂了《花生漫画》和《战争与和平》,
有人破衣,有人锯齿,有人
天鹅绒晚礼服。他们想要
印刷厂的另一面。

有些令人担忧的事。
向阴茎瘙痒打招呼,领导原则,
尿失禁。
接招儿,绝对音准。
而且为总统说句话,
为这些学术杂志,各种文章,一条新闻直播。
然而你是对诗有兴趣。

所有这些,还有更多

突然间我不能相信
你必须把它放回去,
必须聪慧有学问,
带来午餐费,
不管是英镑或美元。

我们家那时没有足够的蛋糕,
某种值得活下去的东西,某种姿态。
你想做些修正,不对吗?
把书朝他丢去。

别处哪里都好。
一个加勒比海破烂地方的纪录片轻轻
告诉他,就像傍晚日落,
进入一种情绪化的气氛
快乐得幸福。

他们说我打中脖子,谢谢你,
在被单底下。
如果我上网查查……

上点眼药水
进入我个人的窗口,帅气的弗雷德说。

他紧逼那个准备好了的推论
(这毕竟是他离开的一天)
以快刀的准确
把名厨师贝基蘑菇预先告诉的所有
又一次放置在线上,
剩下我们走进下午。
像这样的混乱
经过我们有条纹的脚。

别瞎说!
不,我没觉得我被利用,
虽然我的脸不太像人。
好玩一般的定义是:
好玩的时候很舒服。

当你去见他,

十九桶换一星期里五夜。

你坠落了,屋顶

石墨和草药,和我们一起好好玩吧。

马上让你的导航豪华化。

救世的丝汀克韩德尔博士,这种无助的感觉:

所有这些,还有更多,

都弯腰坐在一起,

卵蛋太多,

更加寒酸的羔羊症状。

居然还加码

你绝对不可能相信!

那些漂亮的组合

一百样沙拉,

领向眼科医生,

然后直至温泉

(危险的水)。

那里有四位力学工程师

(如果你不想在你的书桌上摆贵重的东西)

能灸出一辆坦克,

有资格购买。
我们用一些印刷品止住了昨天
把它推翻成他的悲哀。
这个故事被报道。
(过去曾有些下脚料)。

老实说

我们可以送你出去
加入咯咯笑的队伍,
但,唉,那位很有成就
又被渐渐认定的骑手——嗯,他绝对不会
和他们一起去实地考察。
不会把自己的头放在桌上。
可是考虑这个:

他们已经拥有很多的恐惧,
也知道怎么从这里溜掉
通过冰和烟雾
她总是手指交叉紧紧攥着,好像在说
马上去做。

我们曾经对警察充满激情,
对像素的牙齿打哈欠,

但远处的谣言把我们隐蔽地涂白了。
我们沉浸在月光中。
现在,专家们意见不一致。
那时我们不幸福还是很严肃?

我们只能等到下一次
天使来拍门
导航员式地欣喜。

(我知道会有种方式来做这个)

花　絮[①]

别害怕水的冲沟
安睡在农场上。它并不是那么死的。

别出去买什么东西
再去做什么。已经很累了,老狗一样累,
有时我觉得我们最好生活
在所有这些新的发明之前——视错觉幻煎鸡蛋,
美式跳蚤。我并不是那么死的。
这就是我们平常
　　　　　　对,它也这样
怎么做这个……
这其中许多与我们过去
怎么刮脸怎么表现
　　　　　如何混合双办

[①] 以下4首选自诗集《鸟群骚动》(2016)。

没啥关系。

你说得对,庞大减价过去了。
我猜想我的问题(一个卑微的瓦匠)是
吻它一下让它消失;火车上喜剧式的轻歌剧,
在上海公演时获得巨大成功,
把右腿缝到右腿上。
人生是个短短的故事
带着爆破性的闪烁。

在诗界你还喜欢谁?
我们没时间一起午餐。
准备好拥抱你的玻璃星星。
我建议你去。
你是不是真像个蝎子哪怕去试试?
没有真正绿色家长会积累这么多五块票子。
他不想自己去做,那么
美丽,又幸福
消失在表层下,哦,在清漆下。
(不在药店里)在网上疯传。

一个怪梦

他的姨妈被接受了。
多有意思呀!

一个新的欲望,
比我能怀疑的还平常
照亮了整个平原上的幢幢城市。

一切都光辉灿烂,锯齿般的枝叶,
若隐若现的各种底色。
然而问题依旧:它是什么?

他丢掉短裤,快步
重新加入前面游行的队伍——
廉价的娱乐,衣褶,收紧缝线,座谈,
不能控制的油漆稀释剂。

把这个关掉吧。

旧沙发

喂,我待会儿
就得走了。哦,
也许以后。如果有机会。

这里还没有比平时的气氛好。
晚饭后我们要把所有的台灯变成神奇的灯笼。
看看谁弄得最好。

摄影机开始拍照片。
如果他们喜欢再照些,
后天,他们可以。

一个天才掐死两个或更多。我懂。告诉他们我
说的。然而他们杀……杀……
甲壳虫已经不算什么了。如果你还没见过……

舞台飞溅完美的尾光。

比如拿鱼的一家。爷爷,
奶奶,一群梭鱼和
两个叔叔。生活有关什么……

吃你的食吧。客人要来了,
带着已经准备好来看入侵系列的观众。
我还能期待更多什么?

这个季节多层次式的穿着很像去
年的,由于两种都很忙碌。
两个或更多好像缺点什么。

窗帘早一些就拉上了,因为光总是铺展开
当丰厚的空气在大地上安顿下来。
买哲学的无花果。

朋友们……和我一起平息吧。
应该早就这么做了。房子过去了。
我乘坐疯人特快。房子过去了

在两个不同的城市。男保姆①的宣传片

假如她真的拍过,
坚持说他们没有地位
(而这是有关它的另一个方面)。
这就应该很清楚了。

---

① 曼尼(Manny)可以是人名,意思是:上帝和我们在一起;上帝在我们中间。也是一个新词,指男性保姆。

就这一次

……或许有人要伤心了。
而为了我,最好,让轰轰隆隆最小。
我们将需要你能够拾起的柴禾
在那个湖的岸边。哦,顺便一提……
挥霍吧。然后走开。

阿什贝利访谈：庞大纪念碑式的试探性

萨拉·罗森伯格[1]

罗森伯格（以下简称"罗"）：你和我常常谈到的是音乐——我们谈到音乐比谈到写作多得多，尤其是你自己的写作。你异乎寻常地涉及新音乐。一直如此吗？即使是在小时候？

阿什贝利（以下简称"阿"）：对，虽然我是孩子时，还没有很多东西可以在唱片上听到。我开始收集唱片，当我有了第一台电唱机，大概十五岁的时候，我就很快听完了所有古典音乐的曲目。之后，就开始听我所能找到的新音乐。

罗：你找的是什么样的音乐呢？

---

[1] 莎拉·罗森伯格（Sara Rothenberg）是一位出色的钢琴家，除表演外也从事教学和现代音乐的推广。她目前是休斯敦一家艺术中心"镜头"（Da Camera）的艺术总监和总经理。这次谈话1992年发表于纽约巴德学院院刊。当时阿什贝利与罗森伯格都在巴德学院执教。这篇访谈经莎拉·罗森伯格本人授权收入本书中，译文略有删节。

阿：有法国的"六人团"①，他们是我第一次听到的新音乐。当然还有斯特拉文斯基，一个重要发现。

罗：我演奏过那么多新音乐，可仍有不少人抱怨没有足够的新音乐表演。但事情肯定在变好。

阿：主要是由于录音。我刚到纽约的时候，常去听新音乐的演奏会，但我更喜欢待在家里听唱片，但那时唱片很少。

罗：是因为观众在演奏会上吵吵闹闹不好好听？

阿：不是，我只是不喜欢音乐会的视觉感受。有的时候很有趣，如果你身处一座美丽的音乐厅。但一般说来我只想听音乐，而不是去看它。就像我更喜欢看诗，而不喜欢听诗。我从来就更享受自己看诗，而不喜欢听诗人读他们的诗。如果是好诗，听诗人读也不错，但我更愿意与诗独处，看它而不是听它。

罗：我考虑过当代诗人和当代作曲家的位置。埃

---

① "六人团"是20世纪初活跃在法国的六位作曲家：乔治·奥里克（Georges Auric, 1899—1983）、路易·迪雷（Louis Durey, 1888—1979）、阿蒂尔·奥内热（Arthur Honegger, 1892—1955）、达吕思·米约（Darius Milhaud, 1892—1974）、弗兰西斯·普朗（Francis Poulenc, 1899—1963）、热尔梅娜·塔耶费尔（Germaine Tailleferre, 1892—1983）。

利奥特·卡特[1]为你的一首诗谱了曲——你是不是与他一起合作?

阿:我们其实没有一起工作,因为那首诗已经完成了。我们得到一笔基金来一起创作,但好像我们做不到一块儿去,他后来觉得他很喜欢我的一首已经发表过的诗,就为那首诗[2]谱了曲。

罗:你专门为音乐写过诗吗?

阿:没有,我觉得我不会去写。其实,我不觉得我的诗适合谱曲。

罗:我同意。你的诗不希望休止。把诗谱上曲的一个问题是诗的节奏就不能变化了,这也就决定了诗的意思。同时,我觉得你的诗本身很有音乐性,它常常有关于时间、时间的流逝、停止时间的不可能性。读你的诗的一种困难就是没法停下来——比如,面对你的长诗《流程图》[3]。我每次拿起来重读的时候,我觉得我必须再从头开始。你觉得怎么读《流程图》最

---

[1] 埃利奥特·卡特(Elliot Carter, 1908—2012),曾两度获得普利策奖的美国作曲家。20世纪30年代,他在巴黎学习,后回到美国。在新古典主义早期阶段之后,他的风格转向无调性和有节奏的复杂性。他的管弦乐、室内乐、器乐独奏和声乐作品闻名世界。他晚年富有成果,在90岁至100岁间发表了40多部作品,辞世前3个月完成了他的最后一部作品《钢琴三重奏》。
[2] 这首诗是《丁香花》,出自诗集《船屋的日子》。
[3] 《流程图》(*Flow Chart*),是约翰·阿什贝利发表于1991年的一部两百多页的长诗。

好？因为不可能一气读完它。

阿：对，这首诗分为六个章节，虽然这些章节没有什么意义。我原本没有想分节，但后来我想，唉，读一部不分章节的小说太压抑了，你在想什么时候才能读完它，所以最好不时地添些人为的截断，大家觉得今晚到这儿就可以了，如果能读那么久。我自己的阅读习惯是非常随意的。我拿起本书，看看，放在一旁，然后开始看另外的什么，看一半，又被另一本书打断。而且我从来不确定是否真有人读我的诗。如果有人读，我想他们会读一会儿，不耐烦了，跳来跳去，这儿看，那儿看，也许再回到原来的地方。我写作时心里想着这种阅读方式，因为这是我自己的经验。也就是说，如果你在《流程图》中间跳过二十页，应该无大碍。它只是一种气氛而已，虽然我憎恨"气氛"这个字眼。

罗：我看最好还是把整首诗一气读完。它诱发记忆，读者的记忆和写作时你的记忆。音乐里，记忆是聆听的重要部分。听大型作品，尤其是结构生疏的新音乐，最困难的事是抓住叙述，因为没有一个回忆的线索。如果走出音乐会时不能哼个曲调，好像人们就不确定听到了什么。同样，你的读者看完之后，不一定能把读到的转述成另外的版本，虽然诗的音响和视角，以出人意料的方式接管了读者的心灵。

阿：你说有时我的诗不一定能用另外的词句转述，我要进一步说它不可能被转述。我猜想这是我真正试图做到的——去写一些不可能被转述的东西。我不知道我为什么有这种冲动。还是个孩子时，我就非常害怕评判，小学的时候，每年开学我就决定不要做任何能让老师找到我的错的事，以致训斥我，痛骂我。这当然只能持续几天，而且好像当这种训斥一开始，一年就毁了。我觉得这种保护我自己的企图导致了一种击败读者的结构——恰恰因为我要保护自己。

罗：你的作品踩着一条非常细的线，它有非常亲密和个人化的口气，同时你又很精细地写着没人谈论的东西——那些沉思的片刻，打开整个幻想世界的片刻。

阿：这让我想起一篇发表过的我与肯内特·库科[①]的谈话，他问我的诗是不是有隐藏起来的意思，我说，没有。他说："为什么没有？"我说："因为如果有隐藏的意思，有人就可能找到它，这样就没有神秘感了。"也就是说，我希望我的诗没有隐藏的意思，

---

① 肯内特·库科（Kenneth Koch，1925—2002），美国诗人，与阿什贝利同属所谓纽约诗派，他的许多诗歌使用了超现实主义、讽刺、嘲弄的手法，并常有令人意想不到的表达方式。

但同时又要有神秘感。或许要做到这点只能完全没有意思。我不知道——这是我仍在努力做的事。

罗：嗯，这是桩很困难的事，因为我觉得公众在没有隐藏的意思与没有意义之间画等号，虽然对我来说，它们是非常不同的事。当代作曲家从来不用解释他们作品的直接意思，因为他们写作的语言被大家接受为不能翻译。而你的作品则更令人迷惑，因为你用与点一杯咖啡同样的词语写作。在你的诗里日常生活的片段占很大篇幅，告诉人们，读者和诗人生活在同一个世界，但你的写作让我们对它另眼相待。

阿：这一定是由于我花很多时间去看报纸看电视新闻。我总是很贪婪地要知道在任何时间正在发生什么事情。我甚至去读地方报，就为看看谁被抓酒驾。我也喜欢超市的小报讨论自己最爱的电视明星，虽然我除了新闻和电影从来不看电视节目。但我想看看谁可能是我最喜爱的电视明星，如果有一天我在电视上看见他们。我不知道我为什么要知道这些东西。我不认为是因为我想与现实中的人和世界保持联系，好像我是托马斯·曼小说里的托尼奥·克罗格，从一个窗子向外看希望他自己属于的世俗世界。我觉得我已经属于世俗世界了，我就在外面又同时向外面看，像我以前多次描述过的我自己。我像托尼奥，但在外面，持续向更外面看。

罗：你从生活里吸收的体现在你的写作中。你对正在发生的事是开放的，充满了好奇心。我不觉得你的作品给人感觉是从很远的地方观察，或观察你不在其中的事情。你的分享有一种趣味感。它好像在定义我们生活的世界，像些记号——小报里的那些人，他们运用语言的方式。

阿：我向来感到没有必要去净化语言，"净化我们部落的语言"，借用马拉美的著名短语，因为它就是纯的、有保证的，保证纯粹。

我向来相信巧合和某事在某时发生的意义，就在你来以前，我接到了一位年轻朋友的一部巨著，他在牛津大学写关于我的诗的博士论文。我还没来得及看，只翻开第一页，他引用了几个人对我的诗的评论——一个是我自己，一个是哈罗德·布鲁姆，另一个是一位憎恨我的诗的英国诗人。也许我应该读一下。

罗：好的。哈罗德·布鲁姆说："当下用英文写诗的人里，没有谁会比阿什贝利更可能经受得起时间的审判。"汤姆·保林[①]说："阿什贝利，只能说他

[①] 汤姆·保林（Thomas Paulin, 1949— ），北爱尔兰诗人、评论家，在英国牛津大学执教。

是个没有一丝才华的诗人,他的作品能被发表都是个奇迹,更别提那些评论家对他的诗出奇荒谬的赞美。"你自己的讲法:"有一次,当我进入梦乡的时候,我仿佛听见两个评论家争论。一个说:'我不想在阿什贝利能得普利策奖的世界里抚养我的孩子。'另一个好像在说:'他对我的灵魂负责,而这不是他的错。'"

阿:这是个挺好的开场白。

罗:是的。你的诗里让人安心的一点是如果事情不对或不按计划进行,你并不懊恼。你的诗有一种安详、沉思的氛围,一种不寻常又让人心安的平衡,在完全掌控和与生活带来的所有不得不随波逐流之间的平衡。

阿:我想这一定是我珍重的一个想法,我一直都倾向的想法,但只在当我第一次吃惊地听到约翰·凯奇[①]的音乐——比如,他的4分33秒,所有在这个

[①] 约翰·凯奇(John Cage,1912—1992),美国作曲家、音乐理论家。他是勋伯格的学生。他最有名的作品是1952年作曲的《4′33″》,全曲三个乐章,却没有任何一个音符。他是概率音乐、延伸技巧、电子音乐的先驱。虽然他是一个具有争议的人物,但仍普遍被认为是20世纪最有影响力的作曲家之一。他还在现代舞的发展中发挥了重要作用,主要是通过他与编舞家梅尔斯·坎宁安(Merce Cunningham)的合作,他也是凯奇生活中长期的浪漫伴侣。

时间段听众发出的噪声不仅没问题，而且还构成这个作品。当然还有其他作品，音乐伴随着一些随机的噪声，比如他的《钢琴和乐队的音乐会》——我正好出席了在市政厅的首演，那场演出后来被录成唱片。每位音乐家都有一个乐谱，从中随机演奏，观众在沉默中忍受了一阵，接着就乱喊尖叫，出各种怪声。演奏持续，观众也持续乱喊乱叫。我想凯奇说他作曲时就料到了，观众的声音也是作品的一部分。

罗：他能刺激观众让他们为作品创造一些声音。当你写作的时候，一定有各种众多的选择可循。

阿：对，有很多，但什么被选上好像没太大关系。如果有关系，也是因为事情按照某种冥冥中神授的计划进行，你自己也不知道是怎么回事。比如，卡特谱成曲的那首诗，谈到音乐，特别是音乐不能停下来的特点。这是我羡慕音乐的地方——它持续进行。当然如果是唱片，你可以把唱针放回你想再听的地方，但这不是游戏规则。音乐有一种线性本质，它在时间中展开。我希望诗也能够如此。当你听朗诵的时候，诗也像音乐，可你在书页上读诗总想要回头看你看过的。

那首诗是讲希腊神话里诗人音乐家俄耳甫斯的，我想到他完全出于偶然。我不过放上一张蒙特威尔第[1]的《俄耳甫斯》的唱片，我并不知道我要写什么，接着想到，"俄耳甫斯：这是一个诗歌的老套路，但也许我能用它来做点什么。"所以我就一边看着唱片的解说词，一边写了这首俄耳甫斯的诗。而我其实可以随意抽出另一张唱片。

作曲家让人羡慕，可以用一种没人能争论甚至没人能懂的语言写作，而这语言有它的意思和推动力。这是让我最嫉妒作曲的地方，我也企图在诗里做到，但这不可能，因为每个人都懂词语，而且词语对每个人的意思都差不多。

罗：《流程图》是词语的盛宴，难以置信地五彩缤纷。这与你在说什么和你怎么说——它们不可分割——一样有关。你不断讲时间的流动性，过去的，现在和将来。我们同时看见诗语言和它的格调，还有它传递的信息，不可分割。

在《丁香花》里，你说："虽然，回忆，比如，一个季节，/可以化为一张照片，却没人能守护、珍爱/那样一个停滞的时刻。记忆也流动，飘忽……"这让我们意识到我们企图用相片这样的物体永存记忆

---

[1] 蒙特威尔第（Claudio Monteverdi，1567—1643），意大利作曲家，《俄耳甫斯》是蒙特威尔第最著名的歌剧。

的讽刺性，我们结果不时地重返相片上的那一刻，它成了我们头脑中固定的记忆，而不是导向那一刻的所有时刻，也不是从那一刻流逝的所有时刻。

　　我们刚才谈到你的诗常常非常具体地关联着日常生活，而当你写时间，好像一天中你总回到某些时间点：下午晚一点的时候，你就能注意到白天正在逝去。

　　阿：对，我总在那时候写作。

　　罗：是有一个什么原因吗？

　　阿：是的，也许因为那个时间白天要变成它的反面，比其他时间更能看得见变化。还有一年中过渡的季节更适合我写作。我发现夏天很难工作。我又爱拖延，因为晚上不能工作，所以我就拖到白天最后一刻开始写作。这也许就是为什么我的诗里常提到黄昏。我对夏天也有同样的感觉，必须在夏天以前写完，因为夏天有点像死亡。很多年以前我在《溜冰者》[①]里写过一行："夏绵绵不绝的夜晚有些吓人。"

　　罗：作为艺术批评家，你的写作想做什么？

　　阿：我试图找到并在批评中用语言唤起艺术家们想做的，从而让读者可以做出他们自己的判断是不是要去亲自看这些作品。

[①]　阿什贝利在1966年出版的诗集《河与山》里的一首长诗。

罗：与诗人和作曲家不一样，画家常常很愿意用语言谈他们的作品。

阿：就我自己来说，我觉得我要说的已经在诗里都说了，如果我再说什么，肯定就跑题了。我不想谈任何事情，而我常常被放在要谈事情的位置，比如现在。有趣的是，我自己的整个态度是不去教授或批评，不做价值评判，但我的职业——艺术批评和教学——却不得不去做我认为很没品位、令人反感的事。也许它们对我也有好处。

罗：你会考虑在现代社会里诗人的位置吗？诗是不是被边缘化了？

阿：诗是被边缘化了，它从来都如此。我觉得诗人在现代社会里没有任何地位。

罗：你认为过去识字的人看的诗更多一些，而且还可能自己写一些吗？

阿：我不知道。总有些少数的人喜欢诗，如果百分之一的美国人读诗，那会有多少，一百万人？①

罗：你会想到你的读者吗？

阿：嗯，是的，但去考虑谁会来读你的诗又会怎么想你的诗，毫无用处。我试图把我的诗塑造成开放

---

① 美国人口在1992年有2.5亿。

式的，不同的人基于他们带来的不同经验，可以从中制作出不同的事。

去听，和全神贯注是两件最难做到的事，后面所有要做的都要依靠它们。我正好刚看完布赖斯·马登①的画展，他的画突出表现那些很难寻求的东西。它们是迷宫一样的网，眼睛追踪线条的走向但总会迷路。我觉得就像心灵在我的诗里一样。这让我觉得与他有一种共鸣。事实上，我从他一开始画就有这种感觉，那时他的画风与现在很不一样，那些我们叫"独石"的，大型强劲匀称的整体画。看这些画很费力，我一直想往别处看，想走掉，因为这些画几乎是不忍看、不能倾听、不能让自己自由地全心关注的极端例子。我不时地觉得我就要到了让所有东西都朝我扑过来的边缘，但同时又害怕或不愿让我自己纠缠在里面。我大概克服了这种心理，因为我看完展览觉得很感兴趣和有收获。

当我看他的素描时，我觉得被真正吸引了。它们比他的画更有一种试探性和不确定性，虽然那些画肯定体现一种试探性的庞大。我想也许我的诗也有这样

---

① 布赖斯·马登（Brice Marden，1938— ），纽约现代艺术家，画风为抽象表现主义、极简主义。主要作品包括受东方艺术影响的巨幅线条迷宫图《寒山》。

的品质，一种庞大纪念碑式的试探性，起码在《流程图》里是这样，由于它的长度和分量。

罗：那个长度和它的宏伟——人们通常把两者联系在一起——还有那种随意性和真正的亲密感，结合在一起形成了它。像音乐一样，要认识任何一位作曲家，首先要学会倾听。我们接触每种艺术作品通常都带着预先旧有的概念告诉我们应该如何体验它。

阿：我很遗憾难懂的名声已经围绕着我的诗成长起来，就像中国的长城，人们想："我没必要去读因为没人能懂他的诗。"或者想："我得先读许多关于他的诗或其他当代诗的著作才能去攻读他，因为大家都说他太难懂了。"其实，我的诗像马登的画一样，如果你能切除关于怎么才能欣赏诗的想法的脐带，它就全部呈现在你面前，供你吸收。

罗：我觉得两者都有，一方面切断脐带，一方面要准许自己在场。有些时候，人们觉得去看诗要把自己的经验留在阅读之外，要被动，客观有批判性地读才是读诗的方法。我觉得正好相反。人们应该对你的诗行在他们过去经验上激起的火花有所反应。大家不应该自我审查，应该问："这对吗？"或者："他真这样想吗？"你开始写一个意思，接着把它翻译成很杂散的东西。正是这种回避性、繁多的典故的可能性，赋予你的诗力量。

你的诗有一种民主视角，不是你的想法超出众人的想法，而是这些想法不经常被分享，很可能有很多人想分享。

阿：想到我的诗——我不常想到我的诗——它有一种特性，我常常用听起来好像是一种直截了当、明明白白的表述来写作，但里面一个词有一点点不对或不规范，或者动词的时态变成不应该的样子。这些我称为"肿块"的东西，是我的诗重要的组成部分。我注意到我的法文译者，他们首先要把肿块全部抹平，以使它们听起来像法文诗，我就这点与他们争论。他们毫无例外地说："但你不能在法文里这么说。"而我说："但你同样不能在英文里这么说。"

罗：在当代作曲家里你与哪位有共鸣，就像你说你对画家布赖斯·马登的作品那样？

阿：嗯，埃利奥特·卡特可能是我最喜欢的在世的作曲家。尽管，我不清楚让我们在一起作曲或工作是不是个好主意。因为我的诗有它自身内在的音乐结构，而他的音乐有某些内在的诗结构。他的音乐像语言，我的语言像音乐，虽然不是在和声有曲调的意义上，但它有音乐的结构。

罗：它有内在的节奏。

阿：对。所以我不肯定我们需要彼此。我现在很喜欢《丁香花》歌唱——一个新的录音刚刚出版——虽然我一开始不喜欢。我不觉得声乐是卡特的长项。但他的四重奏以及其他室内乐——钢琴协奏曲，双协奏曲——这些作品让我觉得，也许与我在诗里做的，在精神上很相仿。

当我写《三首诗》[①]时，尤其《系统》一诗时，我记得我常听他的《乐队协奏曲》。那是一个可以与马登画的那些迷宫相比的作品——它不断邀请你进去，又同时推你出来。

然而，我不仅从现代音乐里找到想法。这些日子，像整个法国，我一头扎进法国十七、十八世纪巴洛克音乐，我在听很多夏庞蒂埃和库普兰[②]。我也喜欢十九世纪末的俄国音乐。我最近买了一张李帕蒂[③]的钢琴与乐队的协奏曲，又轻又蓬松到了音乐的极致，再轻一点就飞走了。如果我是个音乐家，我的口味也许会窄很多，会只集中在那些滋养我的作品的东西

[①]《三首诗》(*Three Poems*)，约翰·阿什贝利于1989年出版的三首散文诗的诗集，后面提到的《系统》(*The System*)是其中一首。
[②] 夏庞蒂埃（Marc-Antoine Charpentier，1643—1704）和库普兰（François Couperin，1668—1733），两位都是法国巴洛克音乐家。
[③] 李帕蒂（Dinu Lipatti，1917—1950），罗马尼亚钢琴家、作曲家。

上，也许在文学上则有更广阔的范围。我的阅读倾向于，直接指向我觉得对我的写作有益的东西，而不去包罗整个文学领域。并且那些对我写作有益的东西，也许与当下大家在谈论和争辩的事情无关。我不大读当代小说，但人们总说："你看过德里罗①的新书吗？"而我还在补看经典著作。眼下，我看了一半一本十八世纪法国马里沃②的小说，同时我刚刚开始看十八世纪中国的经典著作《石头记》③，与此同时，我又插花似的看《克拉丽莎》④。这些书都不是你可以在晚餐聚会上谈论的话题。换句话说，我看我需要看的，而不是我应该看的。

罗：有没有你常常回头找"营养"的作家呢？

阿：有。荷尔德林可能是最重要的。我经常在写作前看他的作品让自己进入状态。策兰是另一个我近来常看的作家。还有当代诗人詹姆斯·泰特⑤，他大大

---

① 唐·德里罗（Don DeLillo，1936—　），美国散文家、小说家，其作品的主题极为广泛。
② 马里沃（Marivaux，1688—1763），法国18世纪剧作家和小说家。
③ 即曹雪芹的《红楼梦》。
④ 《克拉丽莎》(*Clarissa, or the History of a Young Lady*) 是英国作家塞缪尔·理查森（Samuel Richardson）于1748年出版的长篇书信小说，讲述了一个女英雄的悲剧故事，她的家庭不断阻挠她的追求。
⑤ 詹姆斯·泰特（James Tate，1943—2015），美国诗人，曾获普利策诗歌奖、美国国家图书奖最佳诗集奖和古根海姆奖。

地被低估了,他有一种能量总推动我开始写作。还有比如德昆西①,他有一种奇妙的迷宫式的写作方法,虽然在表面上看来非常清楚而且是说明性的。

罗:你花了多长时间写成《流程图》?

阿:在《纽约书评杂志》里,有一篇评论说我用了六个月的时间写的,这不准确。我在1988年上半年,写了六个多月。然后就把它放在一边,因为我不想从头捋一遍,做应该做的改动。过了好久我都觉得这个工作太艰巨了。两年之后,我在麻省剑桥住了一段时间——我那年在哈佛做诺顿讲座②。我在哈佛当本科生的时候,我的窗户可以看到查尔斯河,每逢春天树叶初发,我就对诗兴奋得要命。那个春天在剑桥我又住在那些房子里,有扇能看到河的窗户,让我想起四十年以前的心情。我忽然想到怎么结束那首诗,我原来一直没有正式结束。所以,我就写了结尾,接着又回过头重新修订全诗。

我原来是用手动打字机写的,我就把它重新输入电脑,做了很多剪接删除。我平常不大修改我的作

---

① 德昆西(Thomas De Quincey,1785—1859),英国散文家,以《瘾君子自白》而闻名。
② 查尔斯·艾略特·诺顿(Charles Eliot Norton)诗学教授席位于1925年建立,是哈佛大学在艺术和人文科学领域的演讲系列。

品，但这首诗这么长，比那些短诗更需要把它砍削成形。所以，总的算起来，大概在两年到两年半以后我才停止写作。

罗：那些你剪掉的部分又会重新在其他地方出现吗？

阿：不，一般不会。我年轻的时候，会"回收利用"被抛弃的诗行，但我现在比那时丰产多了，对写作放松多了，因为我已经写了这么多年。而且我不知道怎么把自己训练得不写需要改动很多的诗；如果诗要很多改动，我就放弃它，写点别的。

罗：能够掌控很美好，是吗？

阿：嗯，我不确定我能够掌控。不过我的确感到我对写作的禁忌少多了，放松多了，因为我已经写了这么长久。如果我到生命中的这一刻还不能有这样的感觉，那就没有什么意义写这么久。

罗：你定期有规律地写作吗？

阿：我通常每周写一次。我昨晚参加詹姆斯·舒勒[①]的纪念朗诵会，好多人讲他们对他的回忆。有人曾问他："你什么时候写作？多勤？"他说："我每两

[①] 詹姆斯·舒勒（James Schuyler，1923—1991），美国诗人，纽约诗派的核心人物，诗集《诗歌的早晨》曾获普利策诗歌奖。

个星期写一首诗,通常只花五分钟,过后我剩下那么多时间。"很可悲,但对诗人来说的确如此。我常常羡慕画家和作曲家,他们整天在做他们的事——可你不能那么写诗。也许行,但大家一般都不那么干。一首诗好像总是短暂一些,起码快些的一件作品。接着,总留下这个问题,现在我做什么呢?